講談社文庫

妖怪犯科帳

あやかし長屋2

神楽坂 淳

講談社

目次

あやかし長屋 2
妖怪犯科帳

第一話　盗賊と妖怪

抹香《まっこう》、それに漬物くさい。

両国《りょうごく》を歩きながら、たまは空気の匂いに顔をしかめた。

十月の江戸は抹香くさい。日蓮上人《にちれんしょうにん》の命日があるということで法華宗《ほっけしゅう》がとにかく線香を焚《た》いているのだ。

浄土宗《じょうどしゅう》も盛りあがる月なので、お経と線香の香りに満ちている。

妖怪はお経で祓《はら》われたりはしないが、抹香の匂いが好きなわけでもない。人間がなぜあの匂いを好むのか、まるでわからなかった。

そして漬物である。十月の十九日はべったら市があるから、やはりそこら中で麴《こうじ》の匂いがするのである。

妖怪はお祭り好きだからべったら市はいいのだが、麴の匂いもたまはあまり好きではなかった。

だから十月の空気はたまには微妙なものだ。

空気もすっかり秋が深まって冬になってくる。猫又《ねこまた》にとっては寒いのはあまり歓迎できるものではなかった。

まあ、平次《へいじ》と差し向かいで酒を飲むのは嫌いではないのだが。

「お、姉ちゃん。一杯どうだ」

赤い顔をした男に声をかけられた。

「こんどお願いね」

軽くかわして歩きだす。男に声をかけられるのは満更《まんざら》でもない。それだけたまが美人だという証《あかし》だからだ。

妖怪は基本的に人間に注目されるのは好きなものだ。

だからたまは機嫌よく歩いていた。

すると。ふっといやな臭いがした。

さて、どうしよう。

たまは空気の中の「盗みの臭い」を嗅《か》ぎ取った。

人間の汗にはさまざまな匂いがある。盗みの臭いもそのひとつだ。今日の臭いは盗みの初心者らしい。

盗みに慣れてくると汗の中に混ざる臭いが薄れてくる。今日のは、初めての盗みといった感じだ。

まわりに妖怪の匂いはない。

つまりたまには関係ないということだ。

たまは「あやかし長屋」の住人である。町奉行所から長屋を一軒借りて住まわせてもらっている。

そのかわりに妖怪の起こす犯罪を取り締まる「お上側」の妖怪なのだ。

しかし人間の犯罪はどうでもよかった。

たまは興味をなくすと長屋に帰ることにした。今夜の江戸はたまにとっては平和であった。

秋刀魚《さんま》の焼ける匂いがした。

たまはいそいそと長屋に戻っていく。秋が深まるとなんといっても美味《おい》しいのは秋刀魚である。

雪女のお雪は火の前に立つのを嫌うから、ふた口女の双葉《ふたば》が焼いているのだろう。

たまの分も用意してありそうだ。

「おかえり。たま」

双葉が上機嫌に言った。この機嫌のよさは、いい仕事が入ったときのものだ。双葉はお針子《はりこ》をやっている。仕立ての仕事が来たのだろう。

単純に金をもらうだけなら機嫌はよくならない。仕事を評価されるとその日は機嫌がいいのである。

「いいことあったんだね」

たまが言うと、双葉は嬉《うれ》しそうに頷《うなず》いた。

「うん。丁稚《でっち》さんの服を縫わせてもらうのよ」

「丁稚の服？」

たまは思わず訊《き》き返した。それはなかなか珍しい。店というのは雇っている丁稚には金をかけない。服は擦り切れたぼろぼろの服だし、食べ物もできるだけ安いものにするのが普通である。

人間は妖怪と違って弱いものには残酷である。相手の気持ちを考えることなどないといってもよかった。丁稚の服を新しくするというのは信じられない。

「誰か妖怪が仲立ちしたの？」

「よくわかるわね」

双葉が目を丸くした。

「人間が人間に同情するなんて聞いたこともないからね」

たまが言うと、部屋から平次が顔を出した。

「おいおい。人間ってそんなにひどいかよ」

平次が不満そうな顔をした。

「ひどいから岡《おか》っ引《ぴ》きなんかがいるんじゃない。そもそも岡っ引きはたいてい悪い人でしょ。悪人に悪人を取り締まらせるんだから、性根から腐ってるのよ」

たまに言われて平次が困った顔をする。

「そう言われると返す言葉もねえな。たしかに岡っ引きにはろくな奴がいねえ」

それからあらためて言った。

「俺も含めてな」

「平次さんは人間にしてはましよ」

双葉が言う。

「それに死なないし」

「それはなんだ？」

平次が少し不思議そうに言った。

「平次はね。普通ならもう死んでるの」

たまも言う。

「どういうことだ？」

平次の顔色が少し悪くなった。たしかに、本当ならもう死んでいると言われて気分のいい人間はいないだろう。

「平次はさ、今は妖怪にとりつかれてる状態なわけ。普通の人間なら精気を吸い取られて死んじゃうのよ」

「俺はなんで平気なんだ」

「平次は精力絶倫というか、妖怪に精気を与えても死なない体質なのよ」

「ある日コロッといっちまうってことはないんだろうな」

「ないない」

たまは笑って答えたが自信はない。平次が特別な体質なのは本当だが、一体どうしてなのかまるでわからない。

「まあいいけどな。熱いうちに秋刀魚を食おう」

「少し冷めたら食べる」

たまは言い返す。

たまにとってはそのほうが好みだ。

「じゃあ先に食う」

平次は部屋に戻った。夜になると外は人間には少し寒い。たまは寒がりではあるが人間よりはずっと寒さに強いと言えた。

平次について部屋に入ると、双葉が手早く料理を並べてくれた。お雪も部屋の中にいたが、そもそもお雪は焼き魚があまり好きではない。

平次と双葉が差し向かいで食べる。

本当なら平次と夫婦《めおと》であるたまがそうするべきなのだが、食事に関しては双葉のほうが自然であった。

たまは猫又だからほぼ人間と同じことができる。しかし平次に比べれば猫舌で、葱《ねぎ》が食べられないなど様々な制約がある。

その点双葉は食事に関しては人間とまったく同じである。ついでに言うならたまと違って料理も上手だ。

だから最近は、平次と差し向かいで食事をするのは双葉のことが多かった。

平次もそのほうが食べやすいらしい。

なんとなく焼きもちを焼く気持ちがないわけでもないが、双葉相手にそんなことを考えても仕方がない。

ふた口女は猫又とは考え方がまるで違う。ふた口女にとって世の中は「食べられるかどうか」で分けられているといってもいい。

妖怪には妖怪になる理由がある。たまのように猫から発生した自然系の妖怪は動機が弱いが、双葉は違う。

ふた口女は食べるという欲望から発生した妖怪だ。だから「食べる」ことにものすごくこだわりがある。

食べられるものなら妖怪でもなんでも食べてしまうところがある。

食欲という目で見ているから、恋愛的な興味は誰に対してもないのだった。

「最近どうだい。妖怪は」

平次が口を開いた。どうやら平次には何か気になることがあるらしい。最初にそれを言わないのはたまたちへの気遣いだろう。

「こっちはないよ。平次にはあるんでしょ」

「ああ。実は妖怪に襲われて金を奪われる奴が出たんだ」

「どこに」

「向島《むこうじま》だ」

向島か、とたまは思う。向島はいい場所だ。人間は少ないし林も多い。水もある。妖怪にとっては暮らしやすい場所といえた。

「向島で襲われるっていうことは料亭なの？」

「廃寺だそうだ」

廃寺というだけではどんな妖怪かまったくわからない。むじなや狸《たぬき》、狐《きつね》、かわうそなどの妖怪も廃寺は好む。植物でもなんでも廃寺に住みたがるのである。

「行ってみるしかないね。その前に番屋に行こう」

「わかった」

平次が頷く。

ここでの「番屋」は両国の橋の下にある妖怪専門の番屋である。人間の番屋で調べるわけにはいかないから作ったのであった。

夜更《よふ》けになると開いて、妖怪を取り調べる。

「この間捕まえた妖怪を調べよう」

「ああ。鰻《うなぎ》泥棒か」

妖怪の犯罪で案外多いのが鰻泥棒である。水辺にいて魚を食べる妖怪にとっては罠《わな》にかかった鰻はご馳走《ちそう》だ。

しかし盗まれたほうはたまったものではないから妖怪に注意する。悪いと言ってもわからないので、引っ掻いてこらしめるといった塩梅《あんばい》だ。

一応記録するため番屋にしょっぴいているのである。

両国橋の下。人間の目には映らないところに番屋はあった。

「こんばんは」

たまは平次の手を引いて入っていく。人間の平次はなにも見えない真の闇の中を番屋まで歩くことになる。

中に入ると行灯《あんどん》があって、番人が二人いた。人間の番屋と違って男女一対であった。

番屋の中はかすかに香が焚いてある。それでも少々生臭いというか川の苔《こけ》のような匂いがしていた。

つくりは人間の番屋と一緒で二間である。

「こんばんは」

二人の番人が挨拶《あいさつ》を返してくる。二人とも河童《かっぱ》であった。

「こんばんは。はじめまして」

平次が頭を下げた。

「五平《ごへい》です」

男が言う。河童といっても見た目は人間とそんなに変わらない。たしかに頭のてっぺんが禿《は》げてはいるがそれだけである。

「かわこです」

女も言う。やはり禿げている以外は同じである。

たまにとっても河童は珍しい。間近で見るのははじめてであった。河童は群れて暮らし、他の種族とはあまり交流しないからだ。

「ねえ、なぜ河童が人間に協力してるの？　誰の頼み？」

たまはこのことには関わっていない。奉行所がいきなり番屋を作ったと通達してきたのである。

「奉行所からの頼みさ。まあしがらみというものはあるからね」

五平はそう言って笑った。河童と人間にどんなしがらみがあるのかは知らないが、少なくともいやそうではない。

「胡瓜《きゆうり》もたくさんくれるそうだ」

「そういえば河童は胡瓜だけ食べているの？」

「食べるのはそうだな」

五平が頷く。

「それだけで足りるのか？」

平次が不思議そうに言った。

「我々はなにか食べる必要はないのだよ、人間さん」

「じゃあなぜ胡瓜を食べるんだ？」

「味が好きだからだ」

「え。本当に？」

たまは思わず訊き返した。たまは胡瓜が好きではない。あれの味を好きというのがまったくわからない。

「お腹は減らないの？」

「減らないよ。自然から力を分けてもらうからね」

河童は妖怪よりも神に近いらしいが、そういうところなのだろう。もっともたまは神を見たことがないから、いるかどうかは知らない。

「鰻泥棒に会いに来たのね？　かわうその」

不意に女の河童が言った。

かわことい っていた。本来の名前は別にあるらしいが、人間には発音できないので似た名前をあてているらしい。

「河童って案外声が高いんだね」

たまの予想としてはもう少し低い声であった。しかしかわこは、どちらかというと少女のような高い声をしている。

「人間だって声が高い人もいるし低い人もいるでしょう」

かわこはころころと笑った。どうやら人間も妖怪もわりと好きらしい。

「それで犯人は？」

「奥にいるよ。出ておいで」

かわこが声をかけると、奥からのそのそと妖怪が出てきた。大きなかわうそである。本物のかわうそより大分大きい。人間の大人の半分くらいの大きさだろうか。

「人間の罠にかかった鰻をとっちゃ駄目」

たまは子供を叱《しか》るように言った。

「すまない」

かわうそは素直に謝った。

動物系の妖怪は知能が人間の子供くらいのことが多い。猫や狐が例外なだけである。

「もうしないならいいわ。ところで、最近変わったことはなかった？」

「変わったこと？」

「人間に声かけられたりとか」

「あった」

かわうそが頷いた。

「なにを言われたの？」

「金が欲しいかって言われた」

「なんて答えた？」

「いらない、って」

あっさりと答えるかわうそにたまは思わず笑ってしまう。たしかにかわうそに金はいらないだろう。

ただ問題は、わざわざ妖怪に声をかける人間がいるということだ。妖怪を利用して金を儲《もう》けたい連中がいるのだろう。

いずれにしても向島の件に関してはかわうそは関係なさそうだ。

「もういいよ」

たまが言うと、かわこがかわうそを解放した。

「どう考えても白だな。あれは」

平次が呟《つぶや》く。

「洒落《しゃれ》たことを言うじゃない」

たまがくすりと笑った。

犯罪のことを「白」とか「黒」と言うのが最近流行《はや》っている。もともと白は「なにもない」という意味だったのが、最近は無罪と同じ意になるようだ。

人間がそんなことを言うから妖怪の間でもすっかりなじんだ言葉になりつつあった。

「一回向島に行ってみるしかないね」

たまが言うと、平次が頷いた。

「そういや戻り鰹《がつお》でも食べるか」

平次が一杯やるという仕草《しぐさ》をした。

「うん。そうしよう」

たまは大きく頷いた。

今日のところは平和に終わりそうである。

番屋から地上に出ると、たまの長屋まではすぐである。平次の腕にしがみつくようにして歩く。

「おいおい。歩きにくいよ」

言いながら平次もいやそうではない。

これが夫婦の幸せだ、と思っていると、ふっといやな気配がした。

「平次、盗賊だ。しかもけっこう面倒だね」

妖怪は関係ないようだからたまにも関係ないが、人を殺しそうな人間が近くを歩いていた。

平次は人間の盗賊も扱う。とはいってもたまが見るところ、平次の手に負える相手ではなさそうだった。

「捕まえられそうか？」

「平次には無理。人殺しにも慣れてる感じがする」

たまは一人の男に目を向けた。体から血の臭いがする。それなら人殺しというだけだが、男は体に盗みの気配を持っている。

人間にはわからないが、妖怪にはわかるのである。

「どうしよう。しかし見逃すわけにもいかない」

平次も男のほうを見る。

「大分やばいか？」

「血の臭いが新しい。さっき誰か殺したね」

殺しに慣れているなら、返り血を大量に浴びるということはまずない。刃物についた血を拭《ぬぐ》ってもとれないかすかな臭いが残るだけだ。

血の臭いは時間で変化する。男からの血の臭いは新しかった。まだ被害者は生きているかもしれない。

「この近所で殺しがあったと思う。あいつをつける？　まだ生きてるかもしれない人を助ける？」

「助けたい。あいつに目印をつけられないのか？」

「臭いは憶《おぼ》えたよ」

「血の臭いは？」

「たどれる」

両国橋を渡って本所《ほんじょ》のほうに抜ける。臭いがかすかに漂っている。相生町《あいおいちょう》にある明《あき》樽問屋《だるどんや》から血の臭いがした。

「ここ」

中に入ると、むせかえるほどの血の臭いだった。子供までもみんな殺されている。

人間は平気で同族を殺す。

妖怪は相手を殺すのにはけっこう覚悟がいるものだが、人間はそうではない。残酷に生まれついているとしか言えなかった。

「犯人は何人だろう」

「一人だと思う」

たまは空気の臭いを嗅いだ。殺意はひとつ、強烈なのがある。他にはないから、殺しと盗みの両方を一人でやったのだろう。

「ひどいな」

平次が怒りを隠そうとせずに呟いた。

まったくだとたまも思う。人間は妖怪よりもずっとタチが悪い。

「俺は奉行所に行ってくる」

夜中にもかかわらず平次が言った。

「こんな時間に奉行所に行っても誰もいないでしょう」

「お奉行様はいるよ」

「もう草木も眠るころなのに？」

「町奉行は奉行所で寝てるからな。激務でさ。死んだら次の奉行に交代ってのも珍しくない」

「死ぬまで働きたいって変だね」

妖怪には死ぬということはない。もちろん「消える」ことはあるのだが、寿命があるわけではない。

「でもいつか死んじまうし、死ぬまで働くものじゃないかな」

平次が当たり前のように答える。

「他に楽しいことはないの？」

「楽しいってなんだ？」

「お祭りとか」

「それはさ。やることがあって、その合間に祭りがあるからいいんだ。毎日祭りだったらすぐ飽きてしまうさ」

平次はどうやら本気らしい。人間は「やること」がないと死んでしまうのかもしれない。妖怪は特にそういったものは必要ない。

目的も持っているわけではないし寿命もない。

だから少しだけ退屈なのは間違いない。

おそらく平次はたまよりはずっと退屈ではないのだろう。

「じゃあ行ってくる」

平次は奉行所に行ってしまった。

たまは犯人を追いかけることにした。

血の臭いはもう追えないが、殺気が少し残っている。殺気というのはなかなか消えるものではなくて、細い糸のように気配が残るのだ。

たまは急いで犯人を追った。

殺気はどんどん薄くなっていく。どうやらかなり殺しに慣れているようだ。殺気は気持ちを完全に切り替えると消えてしまう。

たいていの人間は一日程度は残るものだが、いまの犯人はもう消えかけている。これは犯人が人間を日常的に殺しているか、殺してもなにも思わないかだ。

興味がない、という考えをたまは少し変えた。

こういった凶悪な人間が妖怪と結びつくとよくないことになりそうだ。妖怪は人間の影響を受けやすい。たまにしても平次の影響は知らずに受けているのだ。

だから悪人と妖怪がくっつくのはたまとしても避けたい。

妖怪と凶悪な人間の組み合わせだと、岡っ引きの平次が怪我をするかもしれないからだ。

殺気は本所から向島のほうに向いたところでぷっつりと切れた。もうたどれそうにない。上を向いて空気の臭いを嗅ぐ。

しかし臭いもたどれなかった。と言うより、憶えたと思った臭いの印象が消えてしまっていた。

軽く舌打ちをする。

どうせ全員死んでるなら最初から犯人のほうを追えばよかった。たまが少し人間くさくなったということだろう。

妖怪なら迷わず犯人を追う。平次の人情に引っ張られたのだ。

いったん長屋に戻ることにする。お雪や双葉と話し合ったほうがいいだろう。

長屋につくと、たまの部屋にお雪と双葉、菊一郎《きくいちろう》までいた。

「どうしたの。みんな揃って」

たまは首をかしげた。わざわざたまの部屋に集まるということはたまを待っていたわけである。

表情からすると遊びごとではなさそうだ。

「なにかあったのね」

「菊一郎の親方の兄一家が殺されたんだ。さっき盗賊にね。小さな甥《おい》っ子までだよ」

お雪が硬い表情で言った。

「それってもしかして明樽問屋？」

「よく知ってるな」

菊一郎はたまに視線を向けた。

「なにか知ってるのか？」

「みんな殺されてるのを見てきたところ。平次と一緒にね」

「犯人は？」

「本所のあたりで消えた」

たまが言うと、菊一郎が悔しそうな顔をした。

「今回の犯人はなんとか捕まえたいんだ。甥っ子には会ったこともあってな」

「人間のやったことだよ。妖怪は関係ない」

お雪が冷ややかな声を出した。

「そうだけど。親方を悲しませたのは許せない」

菊一郎はろくろ首という妖怪ではあるが、仕事は大工《だいく》である。妖怪であるよりも親方のところにいる大工という意識が強い。

妖怪だから人間のことは放置、とはいかないのだろう。

「あまり人間に深入りすると」

大変だよ。と言いかけてたまはやめた。平次と夫婦になったあげく妖怪専門の取り締まりをしようというたまには口をはさむことはできない。

「それで犯人を捕まえたいのかい」

「もちろんだ。なんというかさ、妖怪の連中に協力してもらえないかな」

菊一郎が腕を組んだ。

「協力ねえ」

お雪がため息をつく。

「言うまでもないことだけどさ。妖怪っていうのは勝手気ままな連中だからね。誰かと協力して何かをするっていうのには向いてないよ」

「そこを何とかできないのかな」

菊一郎が粘った。

人間に近い菊一郎なら協力もするのだろう。

「協力っていう形じゃなければいいんじゃないの」

双葉が口を開いた。

双葉は人間によくなじんでいるが、妖怪ともそれなりに交流がある。そのせいかどちらに対しても夢は持っていない。

期待もしないし失望もしないというところだ。

「協力じゃないって、どうするんだよ」

菊一郎が文句のような口調で双葉に詰め寄った。

「遊びにしちまえばいいのよ。誰が盗賊を見つけるかって遊び」

なるほど、とたまは思う。

妖怪は基本的に退屈しているから、遊びというなら参加したがるだろう。その気持ちをうまく利用すれば妖怪の連絡網で人間を捕まえることもできるかもしれない。

しかし誰が乗ってくるのかたまにはわからない。

「本所に犯人が逃げたなら、本所の連中がいいよ」

お雪が言う。

「そうだね。本所ならいろいろいるね」

たまも頷く。

本来、本所は特別妖怪が多いわけではない。しかしすぐそばの向島にはたくさんいるから、出歩いてくる連中のせいで多くなるのである。

といってもたいていは人間には見えないし害もない。ごくたまに人間にも見える妖怪がいて、騒ぎを起こすくらいである。

「本所に知り合いはいるの？」

たまが双葉に訊いた。

「いないことはないけど。こういうのを楽しむのかな」

「それは誰？」

思わず身を乗り出す。

「まあ、一番は柳姐《やなぎねえ》さんだね」

双葉が言う。名前の通り柳の妖怪だ。人間のことは観察はしているが干渉はしない。

「彼女はどうだろう。やってくれれば心強いけど」

「そうだね。やってくれたらね」

双葉が意味ありげに笑う。簡単にはいかない相手なのはわかっている。

そもそも人間と妖怪がわかり合うというのが無茶なのだ。平次は巻き込まれてはいるが、妖怪とわかり合っているとはとても言えない。

たまが平次のことを好きだから、というだけのことである。

人間は異物を認めない。藩が違うだけでもいさかいが起こる。だから「妖怪に溶け込む」という判断自体が生まれないのだ。

人間と妖怪の中立にいられる平次がたまには愛おしい。

それにしても、とたまは思う。

あの人間はなんだったのだろう。少し不思議である。殺気の糸が切れたのは仕方がないとして、血の臭い以外の記憶がない。

たまは猫又だから人間よりもずっと匂いに敏感で、体の匂いも覚えてしまう。それなのに不思議と記憶がなかった。

匂いのない人間はいない。妖怪であっても固有の匂いはするものだ。だから臭いがないのではなくて、たまの嗅覚を狂わせるなにかを持っていたのだろう。

しかし獣の嗅覚を狂わせるなにかを所持しているというのは普通の人間ではない。ずいぶん用心深いとしか言いようがない。

岡っ引きの中にはまれに犬使いがいる。犬を使って犯人を捕まえる特殊な調べ方である。岡っ引きというよりは忍びの者の技らしい。今では忍びも苦しくて、岡っ引きに転職してしまう者がいる。

そうは言っても犬使いなどたまでも見たことはないのだ。人間が犬に用心をするとなるとそれはよほどのことだろう。

思ったよりもずっと大物の盗賊なのかもしれない。

「結構やばい盗賊なんじゃないかと思う」

「そうなのかい？」

お雪が尋《たず》ねてきた。

「臭いを思い出せないんだ。獣の嗅覚をごまかせるんだと思う」

「そいつは妖怪なんじゃないのかい」

「妖気はなかったよ」

「じゃあ人間には違いないんだね」

お雪がため息をつく。

「でも。人間が獣の嗅覚に対応するって、普通じゃないよ」

双葉が眉《まゆ》をひそめた。

「いずれにしてもそいつが人殺しなのは間違いないだろう」

菊一郎が怒りを含んだ声を出す。

「俺は許せない」

「許せないってどうするのよ」

たまが言うと、菊一郎は意を決したように口を開いた。

「殺す」

「駄目だよ。殺しは」

お雪が厳しい口調になった。

「人間を殺すとゆがんでしまうからね」

双葉も頷く。

「わかってるんでしょ」

妖怪は人間を殺すと悪いことが起こる。「殺した」という意識で気持ちに悪いものがたまってしまうのだ。

人間は肉体に支配されているが、妖怪は心のほうに支配されている。心がゆがんでしまうと見た目にも影響が出る。

なんだかわからない生き物になっていくこともある。「人間に深入りするな」は、人間に影響を受けて心がゆがむことを警戒する意味もあるのだ。

菊一郎にしてもそうだ。中国からやってきた首が外れる「飛頭蛮《ひとうばん》」は人を襲うが、首が伸びるだけのろくろ首は大人しい。

その菊一郎が「人を殺す」などと言いだすのだから、人間の影響は恐ろしい。そして菊一郎の決意は本物だろう。

その気持ちはわかる。しかし菊一郎が人を殺すのは応援できない。

「みんなで捕まえよう。菊一郎が殺さなくても死罪になるよ」

「奉行所にまかせるってことか？」

菊一郎が怒りをおさめないままに言う。

「人間のことは人間にまかせよう。それが一番よ」

双葉がきっぱりと言う。

「じゃあ俺は黙って待ってるしかないのか」

「いや。捕まえるまではしようよ」

たまが言う。

「あいつはほっとくと駄目な気がする。なんというか変な妖怪とくっつきそうだ」

「じゃあ俺もやっていいんだな」

菊一郎の目が輝いた。

「それはいいけど。あんた首が伸びる以外になにかできるのかい」

お雪が冷たい声を出した。

「手や足も伸びるぞ」

「そんなものは刃物で切られたらおしまいじゃないか。犯人から逃げまどうのを『捕まえる』とは言わないよ」

「なにか手伝いたいんだよ」

菊一郎が少ししょげた顔をする。

「ただいま」

そこに平次が帰ってきた。

全員の顔にぴりりとした緊張が走った。

平次の気配にただならぬものがあったからである。

「平次。なにがあったの？」

平次からは厄介事の臭いがした。

「なにかって。少し困った」

平次が素直に言う。

「今回の盗賊のことね」

「ああ。『皆殺しの芳一《ほういち》』って盗賊らしい」

「皆殺し」

菊一郎が繰り返す。

なるほど、とたまは思う。全員殺してしまえば顔もわからない。犯人の人数すら不明というわけだ。

妖怪にはとてもできないような凶悪なやり方である。

「それでな。お奉行様が言うには、妖怪はからんでないが、なんとか協力してもらえないかということなんだ。廃寺の件も調べつつな」

「もちろんいいよ」

たまは即答した。

「妖怪よりもよほど凶悪だから。ああいうのが妖怪とくっつくともっとひどいことになるからね」

それからたまは双葉に言う。

「こういうのと手を組みそうな妖怪はいるかしら」

「そうね。ああいう盗賊が好きな奴はいないと思うけど。でもあんな奴にでも共感する妖怪がいないとも限らない」

たまに言われて双葉も頷いた。

「そうだね」

「それで。その皆殺しって奴のことはわかってるのかい」

お雪が尋ねると、平次は首を横に振った。

「わからない」

「芳一って名前は？」

「名前がつかないと雰囲気が出ないからな。耳なし芳一からとったらしい」

「手がかりすらないのね」

たまがため息をついた。

「一体どうやって犯人を探せばいいのかな」

「何か特徴は覚えてないのかい」

「今は何も……思い出せない」

「とにかく本所に行ってみるしかないね」

「ああ、俺も行くか。今回は本所の旦那《だんな》にも挨拶しないとだからな」

平次が少々困った顔で言う。

「なんせ相手は妖怪ではないからな。人間の盗賊相手だと、両国界隈《かいわい》の岡っ引きの俺が勝手に本所を調べることはできないんだ」

妖怪もだが、人間も縄張り意識は強い。そして人間の場合は簡単に殺し合いになる。妖怪と違って野蛮だからだ。

「しかしどうするかな」

平次は少し考える。

「たま、一緒に来てくれるか。俺の女房として」

平次に見つめられて、たまは驚いた。

「いいけど。なんで？」

岡っ引きが挨拶に女房をつれていくというのはまずない。岡っ引きの世界は男の世界だ。女の入る余地はない。

だからたまをつれていくのには、わけがあるのだろう。

「うん。女房に手伝ってもらわないといけない駄目な岡っ引きということにしておきたいんだ」

駄目な男を演出して、波風を立てないようにしたいわけだ。

「じゃあわたしはどうすればいいの。姐さん風？」

「そうだな。それがいいな」

「たまには無理じゃないかい？　姐さん風ならわたしのほうが合ってるよ」

お雪が横から口を出した。

たしかに姐さんというならお雪が適任だ。どうせ人間相手の芝居だから誰でもいいとは言えた。

しかし、女房なのはたまのほうである。

「わたしがやる」

たまは宣言した。姐《あね》さん女房ができないことはないだろう。年齢という意味では平次よりもずっと年上なのだ。

「たまを姐さんにするのはやめたほうがいいよ」

双葉が言う。

「まだ子供だからね」

「子供なのか？」

平次が言うと、双葉は大きく頷いた。

「妖怪は死なないからね。その分なかなか大人にならないんだよ。前に捕まえたむじなだって平次さんよりは長く生きてるわ」

子供に見えても人間よりは年上なのだ。

「妖怪は成熟に時間がかかるからね。早く死ぬ生き物のほうが早く大人になるんだよ」

双葉は大人びた口調で言った。

「だから姐さんじゃなくて妹みたいな女房のほうがいいわよ」

「わかった」

平次が納得する。たまからすると姐さん女房も充分務まると思うのだが、双葉が言うからには外から見れば不安があるのだろう。

たまは妖怪としては頭がいいほうではないから、素直に従うことにした。

それに理由はなんであっても平次の女房として紹介されるのは嬉しい。

「いつ紹介されるの？」

「三日くらいしたらでかける」

平次に言われて、たまが最初に考えたのは「なにを着ていくか」だった。


そして。


三日後。たまは富沢町《とみざわちょう》にいた。まだ日はぎりぎり昇っていない。日本橋《にほんばし》の中でも富沢町は朝市の町である。

特に古着がよく扱われている。ただしいい古着はすぐ売れてしまうから、夜明け前に行くのが大切である。

「この時間は冷えるな」

十月の江戸は雪が降るほどではないがけっこう寒い。たまは平気でも平次にはなかなか厳しい寒さである。

「平次もなにか買えば？」

たまは楽しげに言う。

たまの古着の金は奉行が出してくれるので、安心して買い物ができた。

「平次はどんな着物が好き？」

たまが訊いた。

「わからねえ」

「好きな色とかないの？」

「色なら青が好きだな。浅葱色《あさぎ》とか」

「案外普通なのね」

浅葱色は江戸で人気のある色である。ただしどちらかというと夏の色だから、いまの季節に着る人はあまりいない。

それだけに値段も安くなっている。たまは平次を置いてさっさと古着のほうに行く。朝市の古着は筵《むしろ》の上に畳《たた》まれずらっと並べてある。気に入ったのを手に取って見るのだ。

浅葱色の服はやや奥にある。もう冬だから、少し厚手の茶系統の着物が人気があって値も張るのだ。

反対に寒々しい色のものは少し安い。

「これは珍しいわね」

たまが手に取ったのは、厚手のものであった。浅葱色の着物にしては随分と厚い。手で触ると布子《ぬのこ》であった。

木綿の着物に綿を入れたもので、冬でもなかなか暖かい。たまは人間よりは寒さに強いが、暖かいほうが好きである。だから布子はありがたい。

その隣に、夏用の薄い水浅葱の着物があった。これはお雪に買っていくことにした。

双葉には小袖を買う。こちらは絹に綿を入れたものだ。茶色い暖かそうな着物である。双葉は自分の着物は自分で縫う。でも買ったものも悪くないだろう。

「これをちょうだい」

たまは着物を三枚店主に出した。

「夏物が混ざっているけどいいのかい」

「うん。暑がりがいるからね」

「そうかい」

店主は着物を包んで渡してくれた。

「買ったよ」

「じゃあ『なん八』に行こう」

平次が歩きだす。近所の食堂で食事をするつもりらしい。しかしまだ夜明け前なのに開いているのだろうか。

遠くに明かりがついているのが見えた。どうやらこの時間にはすでに食堂はやっているらしい。

よく考えたら朝市があるのだから、食堂の客もいるのだろう。

「朝は飯が美味《うま》いんだよ」

平次が嬉しそうに言う。

「どうして？」

「飯が炊きたてだしな。搗《つ》きたてなんだ」

「搗きたて？」

「来ればわかるさ」

店の前まで行くと、一人の男が臼《うす》の前に立っている。なるほど米を搗いているらしい。精米をしているようだ。

「搗きたての米は最高だからな」

店の前にはたしかに糠《ぬか》の香りがする。

そして店の奥からは鯖《さば》の焼ける匂いがした。

「平次。鯖だよ」

思わず袖をひっぱった。

「わかったよ。入ろうぜ」

平次と店に入った。

なんん八食堂というのは、なんでも一皿八文である。「なんでも八文」だから「なん八」。飯と味噌汁《みそしる》は四文である。

だから一番安く食べるなら十二文ということになる。安いので人気であった。まだ夜が明けるかどうかなのに、店の中は客でいっぱいだ。

客は基本的に金のなさそうな連中である。

そういえば、とたまは思いあたる。この店のある親父《おやじ》橋《ばし》のあたりには口入れ屋がある。ここで美味しいものを食べて元気をつけてから仕事を探しに行くのだろう。

金がないなりに和気あいあいとしている。

平次が食事を取りに行っている間に空気を嗅ぐ。雑多な匂いに混じって盗みの臭いがした。

しかしたいした盗みではなさそうだ。

そして妖怪の匂いもする。

あたりを見回すと、さっき米を搗いていた男だった。

どんな妖怪なのかは知らないが、うまく溶け込んでいる。菊一郎もそうだが、人間の中に溶け込める妖怪は考えも人間のようになる。

だから妖怪としての匂いは薄くなるのである。

自分はどうなのだろう。平次と暮らしていたら妖怪の匂いは薄くなるのだろうか。

そう思っていると、平次が料理を持ってきた。

「食おう」

並べられたのは、鯖を焼いたものと、山芋《やまいも》をおろしたもの。梅干し。そして沢庵《たくあん》である。それに味噌汁と飯がつく。

「熱々だけど大丈夫か？」

「平気」

たまは基本的には猫舌だが、人間の姿をしているときにはわりと平気である。冷たいほうが好きなだけだ。

「そう言えば最近、たまは梅干しが食えるようになったよな」

平次が感心したように言う。

「おかしい？」

「猫だと思うとな」

「猫又には猫又の味覚というのがあってね、変化することもあるのよ」

食べ終わると、平次はのんびりと言った。

「じゃあ行こうぜ」

平次が立ち上がると、視線がいくつも集まった。腰に差している十手《じって》が気になるらしい。

岡っ引きは目立つように十手を差す。相手を威圧するためである。平次はそんなつもりはないのだが、そうするしかないので差している。

それが大分目立つのである。

店を出ると、いったん長屋に戻る。日が高くなったころに本所に行く予定だった。

「おかえり」

お雪と双葉が出迎えてくれる。

「おみやげ」

着物を渡すと、双葉が着物の匂いを嗅いだ。

「ありがとう。いい着物ね」

「匂いでわかるの？」

思わず訊く。

「どんな人が使っていたかだいたいわかるじゃない。この着物は大切にされてきたようよ」

双葉は着物の過去がなんとなく見えるらしい。

「あ。待って」

たまは双葉に声をかけた。

「じゃあさ、殺された人の着物からなにかわかる？」

「考えたことないけど、そうかもね」

双葉が驚いたように言った。

「じゃあ、殺された菊一郎の親方の兄一家の服を嗅げば、なにかわかるってことだね。たとえばの話だけど」

お雪も言う。

なるほど、と平次は思う。着物の匂いで犯人をつきとめるなど、人間にはとても思いつかない。

妖怪と一緒なら人間の犯罪もかなり取り締まれる気がした。

「じゃあわたしは平次と出かけてくるから。あとはよろしくね」

たまは挨拶をするとさっと着替えて出てくる。浅葱色の布子はたまにはよく似合っていた。

可愛いというのが正直な感想だが、平次にはそれを口にするのははばかられる。匂いだか気配できっと察してくれるだろうと思って、なにも言わずに外に出ようとした。

「はい失格。平次って最低」

後ろからたまの声がした。

「なんで?」

「褒《ほ》めるものじゃない。恋人なんだから」

「女房じゃないのか」

「女房は恋人でしょ。女房になったら恋しないなんてことはないの」

「人間くさいこと言うな」

「人間くさいんじゃなくて女くさいのよ」

たまが怒ったような表情で言う。妖怪だろうと人間だろうと女は女ということらしい。

「面と向かって褒めるのは恥ずかしい」

平次は文句を言った。が、お雪と双葉の目も冷たい。

どうやら平次が悪いらしい。

「よく似合ってるよ。正直可愛い」

平次に言われてたまは満足した。

平次がたまを見て可愛いと思ったのは気配でわかる。しかしそれを「わかってるだろ」ということで言葉に出さないのはよくないところだ。

こうやって言葉に出されるようにしないと、よい関係が保てない。

きちんと平次に言わせて納得したところで、たまは平次と一緒に長屋を出た。

長屋は両国橋のわきにあるから本所まではすぐだ。橋を渡ればもう本所である。渡ってすぐのところにある元町《もとまち》には自身番屋がある。

待ち合わせはそこだった。

番屋に入ると、すでに相手は来ていた。番屋の中には同心が一人、岡っ引きが一人、番屋に詰めている大家が一人いた。

「こんにちは」

平次が挨拶をする。

同心は黙って頷いただけである。岡っ引きのほうがたまに目を向けた。

「おい。なんで女連れなんだ」

「こいつは女房で。いつも手伝ってもらってるんです」

平次が言うと、岡っ引きは馬鹿にしたような笑みを浮かべた。こいつはあまりいい奴ではない、とたまは思う。

岡っ引きにはいろいろいるが、大きく分けてふたつ。一番多いのが悪党だ。自分の悪事を隠すために他の悪党を捕まえるという人だ。

奉行所としてもぎりぎり見逃せる悪党というわけである。

ついで平次のような遊び人から岡っ引きになる男。地域のみんなに可愛がられて結果、十手を預かる。

前者は悪党の情報網、後者は長屋の情報網で犯人を探す。もちろん平次のほうが人気はあるが、顔が利くのは悪党のほうである。

「女房がいないとなにもできないのかよ。こんな奴になんかできるのかねえ」

　言いながら岡っ引きは同心の顔色をうかがった。

「本所方同心の矢野《やの》一馬《かずま》だ。よろしく頼む」

　定廻《じょうまわ》りではなくて本所方か、とたまは思った。奉行所にも本所担当の同心はいる。本所廻りは同じ町奉行所でも、水路や船回りの担当だ。しかし「本所のことはなんでも」という部分もあるので、事件を解決しようとする同心もいる。

　もともとは本所奉行というものがあった名残《なごり》である。

　顔を見るかぎり、柔和《にゅうわ》なのは表情だけで、中はなかなか強気な感じがする。たまとしては二人とも少し気に入らなかった。

　同心からも岡っ引きからも悪党の臭いがする。この間の人殺しに近い気配だ。こういう人間に近づくと妖怪のほうもゆがんでしまう。

　いずれにしても少し用心したほうがいい相手のようだ。

「我々の邪魔をしなければちょろちょろしていてもいいぞ」

　矢野は平次のことを邪魔にならないと思ったらしい。鷹揚《おうよう》に頷いた。

　岡っ引きのほうも、平次を見て満足したらしい。

「俺は圭三《けいぞう》だ。よろしくしてやるよ」

圭三は上からかぶせるように言う。それからたまのほうに視線を向けてきた。目の色が濁《にご》っている。まともに付き合いたくない気配がした。

「それにしてもお前、こういう子供っぽいのが好きなのか？」

圭三が無礼なことを言う。

「まあいいじゃないですか」

平次が苦笑した。

「別にいいけどよ」

どうやらうまくやりすごしたらしい。たまは平次と番屋を出た。

「なんかあんまりいい連中じゃなさそうだな」

平次がいやそうに言った。

「悪いことしてる。それは間違いない」

むしろあの人殺しの仲間だと言われたほうがしっくりくる。ただ妖怪の匂いはしなかったから、妖怪とはつるんでいないようだ。

「ついでに向島も見ていくか」

「そうだね」

平次は先に立って向島へと歩いていく。それから思い出したように言った。

「なにか食おう。向島の柳屋《やなぎや》に行ってみよう」

「そこはなに？」

「鯉《こい》の店だ。向島の名物料理だからな」

「高いんじゃないの」

たまは思わず心配した。向島はいい料亭が軒を並べている。料理はたしかに美味しいが庶民には厳しい値段だ。

「ああ、それはもっと奥のいい料亭だろう。柳屋は押上《おしあげ》村にある料理屋だから庶民にも優しい値段なんだ」

鯉か、とたまは思う。もちろん大好物だ。平次について吾妻《あづま》橋の手前を東に折れる。江戸には基本的に田畑はない。しかし間近の向島には田畑がある。

そのためにとれたての野菜が美味しい。そのうえ田で魚を育てるからナマズなども美味しかった。

鯉は川で捕るのだが、向島の水は綺麗《きれい》らしく味がすごくいいという。鯉は江戸では魚の代表だった。近年鯛《たい》に押されているが、鯉の味のよさは他の魚とは少し違う。

そのまま東に進んで業平《なりひら》橋を渡ると、妖怪の匂いがした。

どうやらたまを見つめているらしい。凶悪な妖怪ではなさそうだが、敵ではないと知らせておいたほうがいいだろう。

「平次は先に店に行って」

平次を見送るとたまは向島の妖怪に挨拶することにした。平次を見て人間は縄張りが大変だと思ったが、妖怪もそこは変わらないなとあらためて思う。

押上村の裏手の畑から妖怪の匂いはした。ついでに最近起こっている事件のことも聞けるとありがたい。

しばらく歩いていると、畑の脇に半分地面に埋まった地蔵があった。どうやらそれが妖怪になっているらしい。

「こんにちは」

たまが声をかけると、地蔵は不機嫌そうな声を出した。

「なんだ。猫又か」

「猫又じゃ駄目なの？」

「妖怪に声をかけられても少しも力にならないからな」

どうやらこの地蔵は人間にお参りされないと満足できないようだ。誰もお参りしてくれない恨みで妖怪になったのかもしれない。

「人間をつれて来ると嬉しい？」

「そうだな。嬉しいな」

地蔵は笑顔を作った。

「そしたらこのへんの話を聞かせてもらっていい？」

「このへんとはなんだ？」

「廃寺で人間が妖怪に襲われてるらしいの。それと、皆殺しをする悪い奴を捕まえたいのよ」

たまが言うと、地蔵は少し考え込んだ。

「廃寺にいるのは野寺坊《のでらぼう》くらいだが、あいつは人を襲う奴ではないぞ」

どうやら地蔵はなにか知っているらしい。

「後で来るから待っててね」

そう言うと、たまは平次のところに行く。うまくすれば地蔵からなにか聞けそうだった。

店に行くと、平次が中に入らずに外で待っていた。

「どうしたの。店に入ればいいのに」

「一緒に入ったほうがいいだろう。夫婦なんだから」

平次が照れたように笑った。

なんとなく嬉しくて、たまはいそいそと店に入った。店の中は空いているとは言えないが混んでもいない。ちょうどいい塩梅だった。

料亭というよりは慳貪《けんどん》蕎麦のような店構えだ。個室はなく、開けた場所でみんなが料理を食べている。

そして当たり前のように客の中に盗賊がいた。四人で固まって食事をしている。あの男につながっているのかはわからないが、手慣れてはいそうだ。

「平次。盗賊がいる。でも見ては駄目だよ」

「そうなのか」

「うん。あれは妖怪と手を組んでる奴だね。探してる男とは違うみたい」

「そっちが俺たちには本命だがな」

平次は苦笑した。

それにしても猫又の嗅覚というのは便利なものだ。犯人が臭いでわかるのだから。しかしそれを立証するのは大変だ。

こいつらは妖怪と組んでいました、などと言おうものなら平次の首のほうが飛んでしまう。江戸は冤罪《えんざい》に厳しい。拷問《ごうもん》で強引に自白させたあげく冤罪ということになると、同心は切腹。岡っ引きは打ち首である。

そもそも火盗改《かとうあらた》めはともかく町奉行は拷問などは滅多《めった》にしない。証拠がしっかり揃っていてあとは本人の自白だけ、という状態になってはじめてやるのが拷問だ。

だから「妖怪がいなくても実行できた」という説得力がいる。

平次では妖怪は捕まえられても、盗賊はなかなか捕まえられないのである。

「どこを調べたらいいかわからないかな」

「多分わかる。食べたらとりあえず地元の妖怪のところに行こう」

「なぜだ？」

「挨拶ってやつ」

言いながら、たまは盗賊の様子をうかがう。彼らからはあまり凶悪な感じはしないが、盗賊同士どこでつながっているかわからない。

そう思っていると鯉が来た。鯉を丸ごと味噌で煮込んでからぶつ切りにしたものである。生姜《しょうが》の香りがする。

食べると鯉の身のしっかりした歯ごたえがある。鯉の味の濃さは他にくらべるものがない。

鯛も美味しいがたまは鯉のほうが好きである。ただ鯉は水質の影響をまともに受けるので、釣る川によっては泥臭い。しかし向島の鯉はいやな匂いのまったくない鯉だった。

もう少しで食べ終わるころ、男たちが店から出ていった。

「追うか？」

「あとでいいでしょ。もし妖怪と手を組んでるならすぐわかるから」

たまはそう言うと鯉を全部平らげた。

「じゃあ行こう」

たまが声をかけると、平次がゆっくりと席を立った。

おや、とたまは思う。平次は考え事をするときは少し動作がゆっくりになる。のんびりした表情は崩さないが、あれで頭がくるくる回転しているのである。

さきほどの盗賊を見て、平次はなにか思うところがあったらしい。

たまは少し考える。もちろん平次に従って犯人を捕まえるのだが、たまにはそこに思い入れはない。平次はきっと思い入れがあって、そこが少し羨《うらや》ましい。

妖怪にはそんな感覚はないからだ。人に思いを向けることはあっても、なにかの目的にということはない。

もしかしたら妖怪は平次と付き合って捕り物をすれば、生きがいができるのかもしれないと思った。

たまは平次が好きだが、特に理由はない。理由というのは別れるときに相手の嫌いなところがたくさん見えてきて出てくるものだ。好きなときは「好き」以外には特に必要ない。理屈とは悪いときに働くものなのだ。

店の外に出ると、今度はたまが前を歩く。地蔵のところに案内するためだ。平次はたまの少し後をゆっくりと歩いた。

「平次は珍しいね」

思わず声をかける。

「なんでだ」

「女の後を歩くのが平気なんてさ」

江戸の男は女の後を歩くのを嫌う。単なる知り合いであっても前を歩きたがる。あのへたれた菊一郎でも、たまたちが前を歩くのは嫌いである。

だが平次は平然としている。

「別にどこを歩こうとどうでもいいだろう」

「なんか平次は妖怪寄りだね」

「そんなことはねえよ」

言いながら平次はたまに追いついて並んだ。前に出ないで並ぶのが平次らしい。

「そういうとこ、いいね」

言っているうちに地蔵のところについた。

「この地蔵に手を合わせればいいのか？」

「そう」

平次は手を合わせようとして動きを止めた。

「ちょっと待ってくれ」

平次はどこかに行くとすぐ戻ってきた。

「こんなんで悪いな」

言いながら拾ってきた藁《わら》で地蔵を拭きはじめる。

「なぜわしを拭く」

地蔵が驚いて言った。

「なんか汚れてるじゃないか」

平次がごく当たり前のように言った。

「しゃべる地蔵が気味悪くないのか」

「慣れた」

平次が言うと、地蔵は笑い出した。

「変な人間だ。だが元気が出るな」

どうやら地蔵は平次を気に入ったらしい。

「向島のことはわしに聞くといい」

「ありがとう」

たまは横から言った。

「それでなにが知りたい。そして目的は？」

「このへんで人間が妖怪に襲われて金を奪われているんだ。それとな。凶悪な人殺しを追っている」

「さっきもそこの猫又が言っておったな。しかしこのへんには人を襲う妖怪はおらぬ。廃寺なら野寺坊だが、あいつは人間を襲わないよ」

「どこにいるんだ？　会ってみたい」

「寺島《てらじま》村の廃寺だ。長命寺《ちょうめいじ》の近くにある」

「桜餅の？」

「そうだ」

長命寺といえば桜餅が名物だ。春ともなれば花見客でごった返す。向島の名物といってよかった。

だとするとたしかに人はそれなりにいるだろう。

「どんな妖怪なんだ？」

「あれは貧乏で死んでしまった坊主のなれのはてだ」

地蔵が言う。

誰かにお参りされたいのに、妖怪だから逃げられてしまうので、いつも悲しんでいるのだという。

声をかけると逃げられるというのではどうにもならない。

だからいつもしょぼくれた顔になっているらしい。

「わしと同じよ」

地蔵が言う。

「悲しい妖怪なのさ」

たしかにそれだと悲しいだろう。

「わかった。俺がちょっと相手してくるよ」

平次が言う。

「夜になるとふらふらと現れると思うぞ」

地蔵に言われて、たまと平次は夜中に出直すことにしたのだった。

そして長屋に帰ると、双葉が深刻な顔で待っていた。

「どうしたの？」

たまの問いに、

「さっき、妖怪の気配がした」

双葉が目をふせる。

どういうことだろう、とたまは思う。妖怪の匂いはしなかった。たまは猫又。つまり動物系だから匂いには特別敏感だ。

妖怪がかかわっているならわからないわけはない。

「まったく匂いがなかったよ」

「うん。だから匂いがないか、うまく隠せてる妖怪なんじゃないかと思う。そういう奴が盗賊に手を貸してるってこともありうるね」

「そんな妖怪いるの？」

「知らないけどいるんでしょ。関係ないかもしれないけど」

　双葉が不機嫌そうに言う。

「そしてそれしかわからなかった。犯人の手がかりはない」

「じゃあどうやって犯人を探せばいいのかな」

「普通にやる。つまり足で探す」

　お雪が横から口をはさんできた。

「それって妖怪のよさが全然活きないよ」

「仕方ないだろう」

　いったいどうやって匂いを隠せたのか。それがわからないとたしかに足で稼ぐしかない。どこにいるのかもわからないのだから仕方がない。

「じゃあ本所を歩いてみるしかないね」

　たまは言いながら、どこを歩けばいいのかと思う。そもそも犯人は普段どこを歩くものなのだろう。

　考えようによっては、そうやって探すのは本物の岡っ引きみたいで楽しくはある。たまとしてはいいと思えた。

　妖怪になくて人間にある「生きがい」というものがわかるかもしれない。

「ちょっとわたしたちで行ってくる」

たまは平次に声をかけた。

「俺は寝る」

平次は疲れたらしく、さっさと布団に入ってしまった。これから夜まで眠るつもりらしい。

妖怪と長く話すと人間は精気を吸い取られて死んでしまう。平次は妖怪と話しても死なない特異体質である。

精気を吸われないわけではなくて、無限に精気があるという感じだ。

妖怪にとってはエサといえばエサである。地蔵も平次の精気で少し元気になったに違いなかった。さすがの平次も、疲れはするのだ。

双葉は繕物があるということで、お雪と二人で行くことにする。

「本所に行くのは久しぶりだね」

「捕り物だけどね」

「でも人間の盗賊なんてどうやって探せばいいんだい。妖怪っていうのはあてになるようであてにならないからね」

お雪はやや懐疑的である。

「憶えてる妖怪もいるんじゃないの」

「すぐ忘れちまうだろ」

「でも三日前くらいならまだ平気じゃない？」

たまが言うとお雪が笑い出した。

「たまは少し人間くさくなりすぎさ」

「なんで？」

「いいかい。そもそも三日ってのが人間の感覚だろう。妖怪には暦《こよみ》もなければ時の鐘《かね》も関係ないじゃないか。どうやって三日前ってわかるんだい」

たしかにそうだとたまは思う。そもそも時間は人間のものだ。たとえば今日会った地蔵にしても、畑に埋まっていて「たまが来た」である。そして次には「平次も来た」ということで時間の感覚はないだろう。

なにか気持ちが動くようなことがあれば憶えているだろうが、そうでなければ憶えることはない。

人間の世界にいるから時間というものがあるのだ。

「じゃあ妖怪仲間の情報で犯人を捕まえるのは無理か」

「そうとも言えないんだけどね」

「なんで？」

「時間の感覚がないかわり、憶えてることは百年でも憶えてるのが妖怪だからね。犯人のことなら長く憶えてるだろう」

それもそうだ。使いどころということか。

「でも今回は本当に手がかりがないからね」

たまがため息をつく。

「たまが見失ったのは相生町のあたりで、犯人は両国じゃなくて本所のほうに行ったんだろう？」

「うん」

「藤代町《ふじしろちょう》の方角ってことだね」

「そうだよ」

「あのへんは川と武家屋敷にはさまれたところだ。しばらく行くと吾妻橋だけど、そこまで武家屋敷が続くだろう。向島のほうに抜けたのか。あるいはいっそ武士かだね」

「武士が盗み？」

「そうさ。石原町《いしわらちょう》なんかにも武士の家はごろごろあるじゃないか」

「武士って盗みを働くのかな」

「貧乏な連中が多いからね」

たしかにそうだ。武士は家が広いだけで金はない。長男ならまだしも次男や三男ともなると浪人よりも貧乏である。

それなのに小さい頃から剣術の練習だけをしている。人殺しになろうと思ったら簡単になれてしまうのである。

武士が人殺しになったのであれば、気持ちの切り替えが速いのも頷ける。ただそうなると岡っ引きの平次ではまったく手が出せないということになる。

奉行所はあくまで町人を取り締まるもので、武士の犯罪は取り締まれない。

「じゃあ菊一郎は泣き寝入りってこと？」

「なんで？」

「武士の犯罪じゃない」

たまが言うと、お雪はあきれたような表情でたまを見た。

「馬鹿なのかい。妖怪に身分が関係あるわけないじゃないか。人間が手を出せないなら、わたしたちが菊一郎の無念を晴らすべきだろ」

「あ、そうだね」

たしかにたまたちには身分は関係ない。平次といるからつい考えてしまった。しかし武士ということはあるだろうか。

そうだとしたら刀を持っていなかったのは身分を隠すためでもある。

あのときの臭いは忘れてしまったが、他にもなにか特徴がなかっただろうか。真剣に考えてみる。ふと、思いついたことがあった。

「なんか右足を少しひきずっていた気がする」

「じゃあ武士ってことは充分あるね」

お雪が自信ありげに言った。

「なぜ？」

「たまが見たのは右足をひきずってたんじゃない。左足が勇み足なんだよ」

「ああ。刀か」

たまも納得する。武士の体は刀を差すことが前提の体である。だから刀を差していないと歩き方がおかしくなってしまう。

左足だけぴょんぴょんと跳ねるように動いてしまうのだ。だから右足を引きずっているように見える。

武士なのに金のために町人を殺して回っているんだとしたら、まったく悪質としか言いようがない。

「許せないね」

言ってから、まさに人間くさいと思う。人間がどうなろうと妖怪には関係ない。知り合いならともかく、知らない人間が殺されたからなんだというのだ。

しかしたまは腹を立てている、その人間の残酷さに。義憤というのは人間くさい。もちろん子供が死ぬのはいやだが、すぐ忘れるのも妖怪だからだ。

「うん。たしかに人間くさいかもね。わたし」

お雪に言う。

「まあ、わたしは雪女だから。もとから人間くさいけどね。じゃあ行こうか」

「どこに？」

「人間くさくない妖怪のところ」

そう言ってお雪は歩き出した。

川沿いに歩いていくと石原町に出る。川のわきには点々と柳が植わっていた。江戸の川は柳を植えてあることが多い。水害の防止のためである。

その中には妖怪なるものもいた。

今日会いにいくのは石原町にいる妖怪だった。双葉も言っていた柳の化身、「柳姐さん」である。樹木の化身は妖怪の中でもとりわけ長い間存在しているものが多い。

そしてたいていは人間にあまり関心がない。

「ところでこんな昼から妖怪って出るの？」

「わたしたちだっているじゃない」

「それはそうだけどね」

たまの印象としては、妖怪は夜に現れるという感じである。ましてや柳の妖怪となるとどうあっても丑《うし》三つ時だろう。こんな昼間からふらふらしている雰囲気はない。

しかしお雪はかまわず歩いていくと、大きな椎《しい》の木にたどりついた。雨のときにみなが雨やどりに使う大きな椎らしい。

木の下に茶屋が店を構えている。まるで一里塚のような有様だ。

一人の女が、椎のたもとにいた。床几《しょうぎ》を置いて、けだるそうに座っている。美人である。人々がなんとなく振り返るほどの美しさであった。

一目見るだけで妖怪とわかる美人っぷりだ。

相手のほうもたまたちに気が付いたらしい。おやという顔をした。

お雪がすっと近寄った。

「ひさしぶりだね、柳姐さん」

「ひさしぶりだねえ。最後に会ったのはいつだったかい？」

「わからないね」

二人はお互い笑い合った。あの様子だと何十年かは会っていないのだろう。

「それで、わたしになにか用事なのかい？」

柳がけだるげに言う。

「じつは盗賊を捕まえたいんだけどね。強力してほしい」

「いやだね」

柳はあっさり断った。

「人間がどうしようと関係ない」

「そっか。まあ仕方ないね。猫又にはできても、あんたにはできないかもと思ってたんだ」

お雪があっさり言う。

「できないってなんだい？」

柳が不機嫌な声を出した。

「そういう力はないってことさ。本体は動けないしね」

お雪が少し見下すように言う。

「わたしを馬鹿にするのかい？」

柳が腹を立てた声を出した。

ああそうか、とたまは思う。妖怪は腹芸が苦手である。思ったことをまっすぐに言うし、そのまま受け取る。だから挑発には弱い。

人間と付き合いのあるお雪のほうが、かけひきでは何枚も上手ということだろう。

妖怪は人間にくらべると大分「人がいい」のである。

どうやらお雪は挑発に成功したらしい。笑顔でたまを手招きした。

柳が言う。

「猫又のくせに犯人の臭いもちゃんと追えないのかい」

「なんだか印象が残らなくて」

たまが言うと、柳はため息をついた。

「それはさ、印象がないんじゃなくて、憶えられなかっただけだよ」

「そうなの？」

「相手は柿の葉の匂い袋を持ってるんじゃないかい」

「それは臭いを憶えられなくするの？」

「体の臭いをだいたい消してしまう匂い袋なのさ。余計な臭いがつかないやつだね。昔忍者が使っていたんだよ」

「柿の葉なんかでそんなに臭いって消えるの？」

「消えるね。柿の葉を粉にして毎日飲んでいると、体の臭いは消えちまうんだ。でもそんなことを考えるからには、よほど手慣れてるんじゃないかね」

「どうしたら捕まるの？」

「江戸なら、柳が生えているところを通ればわたしの目に入る。ただし、誰を追いかければいいのかわからないと無理だよ」

「左足が勇んでいる男なのよ」

たまが言うと柳は理解したらしかった。

「わかった。では見つけたら追いかけておこう」

それから柳はお雪を睨《にら》んだ。

「わたしに力がないかどうか見せてやるから。そのかわりあるとなったら、わかってるね」

「わかってる。しっかり償ってあげるよ」

そしてたまを指さした。

「このたまがね」

そう言って涼しい顔をしている。

なるほど、とたまは思う。お雪は猫又の名を使って挑発していた。そして償いもたまにさせるというわけだ。

なかなかやるものだと思いつつもいやな気はしない。

たまはいい気分になって長屋に帰ったのであった。


夜になって。

平次とたまはふたたび向島へ行くことにした。お雪は柳のところに行くと言う。双葉は相変わらず着物を縫っている。

菊一郎は飲んだくれて寝ていた。

「菊一郎ってなんでお酒飲んで寝てるの？　菊一郎の仇《かたき》じゃないの？」

たまが言うと、双葉が顔をゆがめた。

「男だからね。しばらく役に立たないよ」

「男だから頑張るんじゃないの？」

今度はお雪が手を横に振った。

「男はね。頑張れる状況が整わないと駄目なんだ」

「そうなの？」

「男っていうのは見栄だの大義だのってのが揃ってないと役立たないんだよ。菊一郎は自分が強いわけじゃないからね。飲むしかないんだ」

「平次もなにか言ってよ」

たまは平次のほうを向いた。

平次はなんとも言えない顔をして、

「わかる」

と答える。

そこはわかっては駄目だろうとたまは思った。仇をとりたいなら酒なんて飲んでいてはいけないのではないかと思う。

だが平次も「わかる」というなら、男の気持ちとしては普通なのかもしれない。

そのへんは人間も妖怪もなく「男」というやつなのだろう。

菊一郎のことは双葉に任せる事にしてたまは平次と向島に向かった。

昼間は賑《にぎ》やかな長命寺のあたりも、夜中になると誰も歩いていない。

周囲に家がないこともあって人間には少々気味が悪いかもしれない。

平次のほうを見るとやはり不気味なようだ。ゆっくりと歩きながらあたりを見回している。

道に人の気配はない。だが妖怪の気配はあった。よく見ると一人立っている。廃寺の前である。

ぼろぼろのいでたちで、たしかに野寺坊のようだ。

しかし本来寺の中にいるはずなのだが、どうして道に立っているのだろう。それが不思議なところである。

「平次、ちょっとおかしい」

たまは平次に声をかけた。平次にはまだ野寺坊が見えないらしい。

「野寺坊が道に立ってる」

「それは手間が省けていいな」

平次がのんきに言った。

たまからするとこれは結構妙なことである。妖怪というのは自分の行動をそんなに簡単に変えるものではない。

寺の中に入ると決めたものが外に出ているというのは、妖怪としてかなりおかしなことなのである。人間のように気ままに生きているわけではないのだ。

とりあえず近寄ってみる。しばらく歩くと向こうもこちらを向いた。

「猫又が人間といるとは珍しいな」

言葉に悪意はない。

「どうして寺じゃなくて道にいるの」

たまが訊く。

「人間に頼まれたのだ」

野寺坊が笑みとともに言う。

「嬉しそうね。人間の頼みって嬉しい？」

「嬉しいな。代わりに説法を聞いてくれるのよ」

なるほど。野寺坊は誰にも相手にされなかった恨みの化身だ。人間が説法を聞いてくれるほどの喜びはないだろう。

「人間は寺でなにをしてるの？」

「博打《ばくち》だ」

野寺坊がこともなげに言う。

博打はたしかに寺を使うことが多い。寺銭《てらせん》という言葉を使うくらい、博打には寺である。寺社奉行の管轄だから町奉行は踏み込めない。

廃寺を使うのは珍しいが、妖怪が守っているなら安心だろう。

妖怪だろうと何だろうと使えるなら胴元には関係ない。

金が絡んだ人間というのはどんな妖怪よりもタチが悪い。また、妖怪を強いなどと思ったりもしない。むしろ人間よりは「仲間」だと思っているかもしれない。

逆に言えば、妖怪にとっては犯罪者のほうが付き合いやすいのかもしれなかった。

「中に入っていい？」

たまが訊くと、野寺坊は首を横に振って平次を指さした。

「十手を持ってるじゃないか」

それはそうだ。賭場の中に岡っ引きは案内できないだろう。

「わたしだけだったら？」

「それならいい。猫又というのは言ったほうがいいぞ。喜ばれる」

意味がわからないが頷いた。そして寺の中へと入っていく。寺の入り口には男が二人立っていた。怪しい客はここではねられるのだろう。

「誰だ」

男たちは声をかけてきたが、表情は険しくない。あまり警戒している様子はなかった。こんな時間に女がやってくるのは不思議ではないのだろうか。

「猫又なんだけど」

たまが言うと男たちは嬉しげな表情になった。好色そうな様子で頷く。

「入りな」

簡単に通してくれる。

賭場の中には三十人ほどの客がいた。そして妖怪も五人いた。全員女である。そして花の精だった。

なるほどと思う。花の妖怪は人間の精気を栄養にする。俗に言う取り殺すというやつだ。普通の人間を殺してしまうと騒ぎになるが、賭場に通って弱って死んでも不思議に思われない。それに恋ではなく博打目当てだから、死ぬところまではいかないことが多いのだろう。

人間と妖怪の理想的な関係がここにはあると言ってもよかった。

花の精の親玉らしい女がたまを睨みつけた。縄張りを荒らすのか、という視線を感じる。

挨拶しておこうと近くまで歩いて行く。

「獣くさいでありんす」

香りからすると桜の精だろう。吉原《よしわら》の桜並木のどれかが妖怪になったらしい。死んだ花魁《おいらん》の魂でも吸ったのだろう。

「人探しをしてる。見つけたら帰る。邪魔はしない」

「いるのが邪魔でありんす」

桜はにべもない。

「知り合いの子供が殺された」

そう言うと黙る。子供殺しは花の精も嫌いらしい。かといってたまに協力する気もないようで、右手でたまを追い払う仕草をした。

だがそれで充分だ。

邪魔されないならそれでいい。たまはあたりを見回した。武士らしい男は数人いた。客として遊んでいる者はいかにも育ちがいい感じだ。悪い遊びを楽しんでいるだけで、悪人ではない。

用心棒の連中も柄は悪いが、それだけだ。

感情を動かさずに人を殺すようには見えない。どうやらはずれだ。

帰ってもいいのだが、もう少しいることにする。客は勝ちが重なると花にまとわりつかれてつきを落とす。負けると花がつきを上げる。そうやって胴元だけが勝つように操っていた。

客もいやな気持ちにならずに金を使う。見事なものだ。しかし探している犯人はひっかかりそうにない。

半刻《はんとき》ほどしたとき、男が一人入って来た。

体からは何の気配もしない。熱くも冷たくもない。体の匂いもない。こいつだ、とたまは思う。何の記憶にも残らない。

人間だというのが不思議である。男はすうっと花たちのところまで歩いて行く。嬌《きょう》声《せい》が上がった。

男の精気は美味なようだ。

精気を吸われながらも男の気配は変わらない。静かになにか話している。

ここで盗みに入る獲物を探しているのだろう。勢いのいい人間は花たちの反応でわかる。獲物は見つけやすいはずだ。人間がどうなろうと妖怪には興味ないから、男にはいい相棒だ。

ここで騒ぐと花たちが敵になる。たまは男が去るまで待つことにした。

男は一刻ほどいると出て行った。誰かに目星を付けたのだろう。

なにが目安かたまにはわからない。しかし獲物の跡をつけるには違いない。

たまは賭場を抜け出した。男の姿はない。平次は野寺坊の説法を熱心に聞いていた。この様子では男が出て行ったことにも気づいていないだろう。

たまはあたりを見る。どんな優れた人間でも猫又よりも夜目が利くのは無理だ。男は地面に寝転がっていた。

しばらくすると「若旦那」といったいでたちの男が出て来る。後ろには手代《てだい》がついていた。

二人は男のほうに向かったが、男がいることにまるで気が付かない。提灯《ちょうちん》の光ではうまく見えないらしい。

向島の廃寺では月以外に明かりはない。満月ではない今晩はそれも頼りにならなかった。道に寝転がるだけで見つかることはない。

若旦那が通り過ぎると男は起き上がった。後ろをついていく。その後ろをさらにたまがつける。

若旦那は日本橋の通町《とおりちょう》まで歩いて行った。この距離を舟ではなく歩くのは珍しい。たいていは舟を手配する。船頭から賭場通いがばれるのを警戒したのか。

男は店を確認すると去って行った。

日本橋の茶問屋、駿河屋《するがや》である。駿河屋は粉茶というお茶を扱って儲けている。どんなにいいお茶でも製造工程で切れ端が出る。それを仕入れて安く売るのである。どの切れ端が当たるかは買うまでわからない。そこが博打のようで人気を煽《あお》っていた。

この店の若旦那なら少々遊んでも平気だろう。

たまはとりあえず平次のところに戻った。

「この人は大した人だ」

平次が言った。

「説法で感服したのは初めてだ」

野寺坊も嬉しそうに言う。

「わしの説法をこんなに熱心に聞いてくれる人間は初めてだ」

いつのまにか野寺坊の格好が少し綺麗になっている。平次に説法を聞いてもらった満足と平次の精気で元気になったようだ。

「犯人がわかったよ」

「そうなのか？」

平次が驚いた表情になった。どうやら本当に野寺坊の説法に聞き入って気付いていなかったようだ。

「犯人は柳に追いかけてもらうけど。次に襲われるのは日本橋のお茶屋。駿河屋だと思う」

「ああ。あの」

平次が知っている程度には有名な店だ。

「そこが襲われるんだな？」

「賭場で獲物を物色してるみたい」

お奉行様に言おう」

平次は野寺坊に挨拶すると、早足で歩いていった。

「あれはいい男だなあ」

野寺坊が感心したように言う。

「説法を聞いてもらったからって、あまり褒めなくていいよ」

「いや。褒めてもいるが、そうではない。珍しい人間なんだ」

野寺坊は真剣な顔をした。

「他人の話を真面目に聞くというのはなかなか大変なものだ。相手を見くびる心があるとどうしても聞けなくなる。ましてやわしは見た目がよくない。わしの話に耳を傾けるのは珍しいことなのだ」

たしかにそうだ。野寺坊は見た目は悪い。どうしたって軽く見られてしまう。しかし平次には他人を見下すという感覚がない。

だからまっすぐである。人間は見た目とか地位や金の持ち具合で人間を区別するのだが、平次にはそれがないのである。

「それにわしはいろんな人間を見ておるからな。妖怪とはいっても人を見る目はなかなかのものよ」

野寺坊は楽しそうに笑った。

「平次はさ、妖怪専門の岡っ引きなの。これからも平次に協力してくれるかしら」

「それは妖怪を捕まえるということか？」

「そう」

「わしは？　いままさに犯罪を犯しているぞ」

「それはそうね」

しかし賭場の前に立っているだけでは罪とは言いがたい。そういえば妖怪に人間の法律を使うのだろうか。

「よくわからない」

たまが正直に言うと、野寺坊は笑い出した。

「まあ、捕まえるのも一興だろう。妖怪の時間は長い。少々とらえられても気にする奴は少ないだろう」

「人間と手を組まなければ大したことはないわ」

「まあそうだろうな。妖怪なんて」

「とりあえずなにかあったら平次に協力して」

言ってから長屋に帰る。平次が褒められたことがなんとなく嬉しい。

長屋に帰ると、菊一郎が酔いつぶれて寝ていた。

「菊一郎って事件が解決したらどうするのかな？」

「自分が解決したって威張ると思うわよ」

双葉が醒《さ》めた声で言った。

「そんな恥知らずなことはしないでしょ」

たまは思わず反論した。

「いや。する」

お雪も双葉の肩を持った。

「いくらなんでもそんなにだらしなくはないよ」

たまがふたたび反論した。

「じゃあ賭けようじゃないか」

お雪がくすりと笑った。

「いいよ。なにを賭ける？」

「平次を一晩」

お雪が何を思ったか言ってきた。

「平次はわたしの夫だよ」

「別に手を出したりしないよ。ただの罰だからね」

「賛成」

双葉も乗ってきた。

「でも菊一郎を見捨てるなら、やらなくていいよ」

「やる」

たまは言った。

菊一郎を馬鹿にしすぎだろう、と思う。

「まあお遊びのことは今はいい。で、どうだった？」

「犯人はやっぱり武士みたい。なんの気配もしないし、雰囲気の変な奴だった。そして襲われるのはお茶の駿河屋だよ」

「それは駄目」

双葉が眉をひそめた。

「あそこは絶対駄目」

「どうしたの？」

「お得意様だし。お茶も美味しい」

どうやら双葉にとっては大切な店のようだ。こうやって考えると妖怪も案外人間関係に縛られているんだな、と思う。

妖怪は人間に興味がないと言いつつも、やはりしがらみはあるものなのだ。

寝ている菊一郎の隣で話し合っていると、平次が戻ってきた。

「お奉行様はなんて?」

「どうにもならない」

平次が困った顔になった。

「どういうこと?」

平次の仕《つか》える榊原忠之《さかきばらただゆき》という奉行は、人情にも篤《あつ》いし頭も切れる。協力しないと言うような人には見えなかった。

「犯人は武士だし、本所にわざわざ挨拶したのに場所は日本橋。誰の面子《メンツ》も立たない形で奉行所は動けない、だそうだ」

「それで」

「お前がやれって言われたよ」

平次が一人でというのはおかしい。岡っ引きが動くなら同心も動くはずだ。つまり奉行所としてはこの事件は「なかった」扱いをしたいということである。

「平次。殺された中に菊一郎の知り合いがいることも言った？」

「もちろんだ」

平次が頷く。

ということは、奉行としては菊一郎に仇討ちの機会をくれたのではないだろうか。

つまり盗賊対妖怪という図式だ。

「お奉行様は話がわかるなあ」

たまが言うと、平次は肩をすくめた。

それからにやりと笑う。

「他の同心は口を出してこないってよ」

どうやら平次もわかっていて、たまたちがどう出るか試したようだ。平次も少し一人前のことをするものだ。

「で、そいつは殺してもいいのかい？」

お雪が静かに言った。

「奉行所が関係ないなら殺してもいいんだよね」

双葉も言う。

「殺しは駄目だって二人とも自分で言ってるじゃない」

たまが言うと二人はため息をついた。

「じゃあどうすればいいの」

双葉が腹を立てたような声を出した。

「人間には、死ぬよりもいやなことがあるんだってさ」

たまが言うと、興味を示す。

「どんなこと」

「座敷牢《ざしきろう》に入ることなんだって」

お雪がぽん、と手を打った。

「ああ。座敷牢か」

「それはなに？」

双葉が言う。

「座敷の中に牢屋があって、そこから絶対に外に出られないんだよ」

お雪が説明した。

「閉じ込められるだけでつらいの？」

「人間は妖怪よりずっと気持ちが弱いからね。きついらしいよ」

「それで、どうやって牢に入れる？」

二人に訊かれて、たまは胸を張った。

「武士ならさ、妖怪に襲われたなんて言ったらやばい奴と思われて入れられると思う。それか、誰か妖怪が本当にとりついてしまうか」

「じゃあ少し人数を集めたほうがいいわね」

双葉が嬉しそうに言った。

「集まるの？」

「一晩くらいなら平気。妖怪っぽい外見の連中を集めよう」

「そんなの簡単にできる？　それにぞろぞろ歩いてたら目立つんじゃない？」

「夜中なら平気だよ。妖怪だし」

「というかそんなに妖怪っているの？」

「相生町の妖怪蔵にいるじゃないか。知らないのかい」

お雪があきれたように言った。

「知らないというか嫌い」

たまは少しいやな気持ちになった。

本所の相生町にある医者の家にひとつの蔵がある。簡素な蔵なのだが、その中に妖怪が詰まっているのである。

悪いことが起きるときには不思議とその蔵から妖怪が出てくるので、本所では妖怪蔵として有名であった。

実際何人もの妖怪が暮らしているのだが、蔵の妖怪は少し高飛車で、たまにとっては付き合いにくい相手だった。

どうしてか猫又を下に見る連中なのである。

しかしこの場合は仕方がない。

「じゃあそれはみんなにお願いする。ところでどうしよう。駿河屋さんに説明に行かないといけないよね?」

たまが言うと、双葉が胸を張った。

「それはわたしがやる」

駿河屋がからんでいるから、双葉は前向きである。お得意様を失うことに耐えられないのだろう。

「双葉が妖怪だって知ってるの?」

「知らないけど言う」

双葉は相手に妖怪だということを告白するつもりらしい。なかなかの勇気だ。人間が妖怪を受け入れるかどうかまるでわからないのだから。

「平気なの？」

「もし駄目でも、駿河屋さんが助かるならいい」

自分のことよりも駿河屋の安全を優先したいらしい。

「じゃあ明日になったらいろいろやろう。今日はここまで」

お雪と双葉が帰るとたまは平次のほうを見た。

「寝よう。平次」

「わかった」

平次が布団に潜り込み、たまも入る。たまが先に布団に入るのは好きではない。平次のあとがいいのである。

布団に入ると平次の匂いがした。安心できる匂いである。

頭を平次の体にこすりつけて自分の匂いを平次につける。

「たまはなんだか猫みたいだな」

「猫又だから」

「そりゃそうだ」

平次がふっと笑う。

それからすぐに寝てしまった。

最近の平次は寝つきがいい。たまたちに精気を吸われているせいでもある。平次の命に別条はないが、女に対しての欲望は消えてしまっていた。

妖怪三人に精気を吸われては、いかな平次でも欲望にまで手が回らない。

だからお雪が「平次を貸せ」と言っても浮気だと思わないのはそのせいである。平次のほうに「その気」が起きないからだ。

平次もわかっていると思うが、あまり気にしている様子はない。たまが思うに、平次は多分わけへだてなく優しいのだ。

人間にはなかなかない資質である。

平次の隣で安心したのと自分で思うより疲れていたので、たまはすぐに眠ってしまった。

目を覚ますと朝である。平次はまだ寝ていた。

たまは布団から起きだすと台所に行く。平次の食事を作るためである。しかし双葉が先に調理の準備をしていた。

「たまはまだ寝てていいわよ」

「でも平次のご飯は作りたい」

「全員分一緒に作るからいい」

双葉はにべもなく言った。

「たまの料理は薄味すぎる」

きっぱりと言われてたまは引き下がる。人間の食べ物を食べても平気には違いないが、自分で作るとどうしても味は薄くなる。

平次のことを思えば双葉のほうが適任だ。

しかたがないのでもう一度布団に潜り込む。

そうしてあらためて手順を考える。

柳をこちらに呼んでおけば、盗賊がいつ動いたかはわかる。そうしたら駿河屋で待機しておけばいい。

柳が言うには、盗賊が泣いたとしても脅すのをやめないのがコツらしい。

なんだかお祭りみたいな気がする。すでに殺されてしまった人には気の毒だが、懲《こ》らしめるというのはどうしてもわくわくするものがある。

しばらくすると台所からいい匂いがした。

平次の目が開く。

「なんかいい匂いがするな」

「たまの料理のときにはそんなにさっくり目覚めないよね」

「そんなことはないよ」

言いながら平次が体を起こす。

「食べよう」

双葉が用意したのは豆腐に小蕪《こかぶ》をすり流してから煮たもの。そして納豆《なっとう》。さらに蕪の葉にひと塩したものがある。最後にイカの塩辛があった。人間の体なら食べても平気ではあるが、たまとしては食べたくないものである。

「これはいらない」

たまが言うと、双葉はわかってる、という表情になって皿を差し出した。中には生《なま》利節《りぶし》を煮たものが入っている。さらに鰹節もかけてあった。

「ありがとう」

「平次さんのもあるわ」

双葉は平次に差し出した。

「お、すまないな」

平次も嬉しそうに皿を手に取る。

双葉の生利節煮は美味しい。生利節は鰹節になる前の半生の状態のものだ。味はいいのだがうまく料理しないと生臭い。

双葉はどうやっているのか、うまく匂いを抜いていい香りだけにして料理してくる。一緒に梅干しと生姜を煮てあるのがいいのかもしれない。

そして双葉も食べはじめた。双葉はよく食べる。平次とたまを足してもとても双葉には及ばない。

見ているだけで満腹になりそうだ、と思いながら豆腐に箸をつける。大根おろしよりも蕪のほうが味が優しい。

だからたまとしては蕪のほうが好きだった。ただ蕪は香りが少し土臭い。香りだけなら大根のほうが好ましい。

食事を終わらせると、双葉は立ち上がった。

「じゃあお風呂行ってくる」

身を綺麗にしてから駿河屋に行くらしい。続いて、

「わたしは柳のところに行ってくる」

お雪にそう言われてたまは平次のほうを見た。

「わたしはどうしよう」

「悪いが本所に付き合ってくれ」

「なにするの？」

「駄目なところを見せにいく」

平次が平然と言う。

なるほど、駄目なところか。本所の岡っ引きに「あいつは駄目だ」と言わせてすっきりさせるのが目的ということだ。

妖怪と手を組むなら目立ってはいけない。あくまで表向きは駄目な岡っ引きである必要があるのだろう。

馬鹿にされつつも陰で江戸を守るというのはかっこいいとたまは思うが、平次は馬鹿にされても平気なんだろうか？

平次の顔を横目で見ると、飄々《ひょうひょう》としている。

平次になにかあったらたまが守ろう、と思って歩く。

本所の番屋につくと中に入る。中には番屋に詰めている大家が二人いる。

「旦那はいるかい」

声をかけると、

「まだですよ」

とのんびりした声がした。

自身番の中はよく掃除されている。これは詰めている大家が真面目な性格だということだ。

平次は立ったまま挨拶する。

「俺は岡っ引きの平次だ。この間は挨拶できずにすまない」

「気にすることはないよ。矢野の旦那もだが圭三親分はくせがあるからね」

大家は声を揃えて笑った。自身番にいる大家は人生の酸《す》いも甘いも嚙みわけている人間が多い。

だから武士だというだけで威張っている同心などは本当は滑稽《こっけい》に思っているのだろう。使われているようでいて、逆に使っているのかもしれない。

「新一《しんいち》です」

「初太郎《はったろう》です」

二人は名乗った。上の名前を名乗らないのはもう隠居しているからだろう。家名を名乗るのは息子というわけだ。

「今後なにかお世話をかけるかもしれないので、あらためてご挨拶に来ました」

「それはご丁寧に」

大家も頭を下げる。

「親分ももうじき来るでしょう」

言っている間に矢野の声が響く。

「あるーかー。あるーかー」

同心独特のかけ声が響く。本所方はけっこう広い範囲を行動するから、いちいち自身番に寄ったりはしない。前を通るときに「あるーかー」と声をかける。そこで詰めている人間が「なーいー」と答えれば素通りである。

大家は外に向かって「あーるー」と答えた。こうすると同心は中に入ってきてたしかめるというわけだ。

「何だ、こないだの岡っ引きか。どうした？」

矢野は平次を見るなり不機嫌になった。

「なにか収穫でもあったのか？」

「いえ。なにもないのでご挨拶に」

平次が言うと、矢野は馬鹿にしたような顔になった。

「なにもないなら挨拶などいい。お前の顔など見ても面白くもないわ。気の利かない奴め」

そう言うとさっさと出て行ってしまった。

「ご迷惑かけました」

あらためて大家に言うと、平次はすがすがしい顔で番屋を出たのであった。

それからしばらくの間はたまたちもいろいろとあわただしかった。

まず「皆殺しの芳一」と呼ばれた犯人だが。

石原町に住む田村二郎《たむらじろう》という武士であった。といっても部屋住みの次男である。なにをするわけでもなくぶらぶらしている男であった。

金は当然ない。それを盗賊をしてまかなっていたのだろう。賭場で負けが込んでの借金を返すためと思われた。

腕はそれなりに立つようだった。

「俺がとっちめてやる」

一番息まいたのは菊一郎だ。

いままでなにもしていなかったのに、いざとなると元気である。この分だと事件が終わったあとで「俺がやった」と言いかねない。

「頑張れよ」

平次は能天気に菊一郎を応援している。

事件が解決すればそれでいいと思いつつ、たまとしては少しもやもやする。

手順はこうだ。

田村が動く気配を見せたら、まず駿河屋に双葉、たま、お雪、菊一郎、そして柳が出向く。本所の柳がいれば田村のことは見えるから、動きは筒抜けである。

そうして駿河屋の中で田村を驚かしたら、本所の妖怪が店の中に雪崩《なだ》れ込むというわけだ。

あとは田村の動きを待つだけであった。

「これがあんたの男かい？　なんだか美味しそうだねえ」

柳が平次をまじまじと見た。

「食べていい？」

言いながら平次の顔をなでる。

「それはわたしの夫だから駄目」

「じゃあわたしの夫になってみないかい」

柳はからかうように言った。平次が揺らぐとは思っていないが、それでも心配になるほど柳は美人である。

柳腰という言葉通り見事な体型をしている。

「いやいや。冗談はよしておこうぜ」

平次はまったく気持ちが揺るがないようだ。

「あなた、猫又に精気を吸われすぎておかしくなってるね。言ってはなんだが、そういうのをとりつかれてるって言うんだよ」

「猫が柳になったところで、とりつかれていることに変わりはないだろう」

平次に言われて柳は納得したように頷いた。

「まあそうだね。でも猫又に飽きたらいつでも来ていいよ」

そう言った後で柳は真顔になった。

「あいつが動いたよ」

そう言われて、たまたちは急いで駿河屋に移動した。

店の戸を叩くと中からすぐに人が出てくる。

「双葉ちゃんかい？」

「はい」

双葉が答えると戸が開いた。双葉がたまたちを手招きする。

「入って。急いで」

今回は平次はいない。人間がいると、というか岡っ引きがいると台無しだからだ。

中に入ると店の人が不安そうにしていた。

「本当に食べられたりしないんだね？」

おかみらしき人が不安そうにたまたちを見る。

「そんなふうに見えますか？」

おかみはたまを見た。

たまが笑いかけると少し安心した様子になる。

「なんだか可愛いね」

「ありがとう」

たまはお辞儀をした。

店の中は蠟燭《ろうそく》で明るく照らされていて、たまたちのこともよく見える。ほぼ人間と変わらない様子に安心したようだった。

それからおかみはあらためて不安そうな顔になった。

「でも平気なのかい？　相手は凶悪なんだろう？」

どうやらたまたちのことが心配らしい。

「そちらの美人さんなんかも、刃物に切られたら大変でしょ」

おかみの言い分を柳は気に入ったらしい。

「そうね。わたしは後ろに下がるわ」

柳は素直に言った。本当はこの中では柳は一番強いくらいなのだが、外見だけはたおやかである。

店の人間はみな奥に引っ込んで隠れてしまった。

菊一郎が部屋の真ん中に座って田村を迎え撃つことにする。ろくろ首は戦う力はないがこけおどしには最適である。

あとは適当に待機する。

深夜になって。

「来るよ」

柳が静かに言った。

そろりと戸が開く。戸には錠がかかっているのだが、簡単に外せるらしい。これでは店の人間が油断しても仕方がない。

田村は入ってくるなり座っている菊一郎を見つけた。

「誰だ」

田村は驚いた声を出した。驚くと地が出るらしい。武士らしい上品さを持った声だった。これで盗賊とは思えない。

菊一郎は黙ったまま手と首を伸ばした。

「化け物か?」

田村は外に出ようとした。しかし戸のあたりを柳の枝が覆《おお》っている。

「なんだ?」

だが田村にはあわてた様子はない。肝《きも》は据わっているらしい。

いよいよたまの出番である。

ひさびさに本物の妖怪の姿になる。猫又は闇の中で目が光るから、人間にはかなり怖いだろう。

田村はさすがに少し怖くなったらしい。

なんとか柳の枝を切ろうと刀を抜いた。脇差である。なるほどとたまは思う。脇差は短刀よりも強い。

そして屋内では大刀よりも強い。それで店の人間を皆殺しにできたのだろう。よく見ると、腰に脇差をもう一本差していた。これで刀を替えて戦えるというわけだ。

田村が柳の枝を切ろうとする前に戸が開いた。

田村がほっとした顔をする。

しかし田村の目の前にいたのは牛鬼《ぎゅうき》であった。牛鬼というのは牛の形をした妖怪だ。身長も六尺を超える。

かなり怖い。田村はそれでもひるまずに刀で牛鬼に切りかかった。だがまったく傷もつけられない。

田村は後ろに下がった。

その体を双葉が受け止める。

「女？」

双葉が二つめの口を額にあけた。

「うわっ」

田村がはじめて悲鳴をあげる。たしかに美少女の額に口がぱっかりと開いたら怖いだろう。

田村は床にへたり込んだ。

「食ってもいいか？」

牛鬼が野太い声で言った。

「そうね。ありかもね」

たまが言う。

闇の中でも田村の顔から血の気が引いているのがわかる。

「助けてくれ」

「人を殺すのは平気なのに、自分が殺されるのは駄目なのかい？」

お雪がふっと息を吹いた。田村の髪の毛が凍る。

「悪かった。二度としない」

声が震えている。

「本当だね」

お雪が脅すように言う。

「本当だ。約束は守る」

「じゃあこれを持っておいき。捨てたら承知しないよ」

雪が渡したのは「犬張子《いぬはりこ》」という玩具《おもちゃ》だった。ただし妖怪である。

「承知しないよ」

犬張子も言う。

「絶対捨てない」

田村は本当に恐ろしそうに逃げていった。

「あれはさすがにもう二度とやらないだろう」

たまは田村の背中を見ながらほっとした。

そして。

犬張子にとりつかれた田村は、座敷牢にとじ込められることになったのだった。

「俺が大活躍だったぜ」

菊一郎の元気な声が響いた。

長屋の中では宴会が開かれていた。

たまと平次、お雪、双葉、柳、そして菊一郎である。

菊一郎は最初からぐいぐいと酒を飲んで気勢をあげていた。

どう見てもたまの負けである。

お雪と双葉がにやにやしながらたまを見る。

「負け」

たまが言うと、二人は満足そうに笑みをこぼしたのだった。

そして。

「今日はたまとじゃなくて二人と同じ布団なのか？」

平次が困ったような声を出した。

「そう」

たまが不機嫌そうに言う。

「なにかの罠《わな》か？　俺はこのまま死ぬのか？」

「そんなわけないでしょ」

たまとしては浮気されているようでやはり気分が悪い。実際にはそんなことはないのはわかっているのだが。

妖怪と人間は恋の感覚が違う。お雪にしても双葉にしても、平次は楽しい玩具でエサである。本気なのはたまだけだ。

それに二人がかりで精気を吸われたら万が一平次がその気になっても襲えない。そんな元気は残らない。

だが布団に一緒に入られるのはどうしても我慢ができない。

「わたしも布団に入る」

宣言すると、たまは布団に潜り込んだ。

そして平次の左隣を占領する。

「それじゃ賭けにならないだろう」

お雪が言ったが、たまは無視した。

「菊一郎が悪い」

そう言うとお雪も双葉も、それはそうだという顔になる。

いずれにしても田村はもう出てこないだろう。この件で奉行所が動くことはなく、事件ももう起きることはない。

たまは布団の温かみを感じると。

心ゆくまで眠ったのであった。

第二話　ひだる神

とんとん、と納豆を刻む音が台所にひびいた。

朝の納豆汁は女房らしいふるまいだとたまは思う。最近は叩いた納豆を売っているので、自分で叩く女房は減ったらしい。

だから自分で叩くのはいい女房ということだ。

問題は葱だ。葱は猫の天敵である。猫又のたまは食べられないし匂いも好きではない。

なので納豆にはすり下ろした長芋をかけることにしていた。叩き納豆に長芋は朝食としては気持ちが華やかになる気がする。

そして寒くなってきたときには湯豆腐がいい。たまのお気に入りは豆腐と栗を一緒に温めた「栗豆腐」である。

これをひと煮立ちさせてから、特製の醬油《しょうゆ》をかける。ニンニクを漬け込んだニンニク醤油である。ニンニクは江戸でも人気で、鳶《とび》や大工などの野職の人々はよく食べる。

ニンニクをひと月ほど醤油に漬けておくとじつにいい味が出る。豆腐にも合うのだが、煮た栗とも相性抜群だ。

ニンニクも猫の天敵で、普通の猫が食べると最悪の場合は死んでしまう。だから猫又も本来食べないのだが、ニンニク醤油だけは格別でたまとしてもつい食べてしまう。

「平次。もうできるよ」

声をかけると平次がむっくりと起き上がった。

「おう、おはよう」

「もう起きちゃうの？」

平次の隣で双葉が言った。

「飯だからな」

言いながら平次は顔を洗うために立つ。

双葉もお雪も起きだしてきた。

「どうでもいいけど、なんで二人とも平次と同じ布団なの」

「寝心地がいいからさ」

お雪が楽しそうに答える。

お雪は布団で暖まるのがいやだから平次の寝ている布団の上で寝る。双葉は平次の隣である。

妖怪にとっては平次の隣はとても寝心地がいい。平次から漏れだす精気が寝ている間に体に力を与えてくれるのだ。

だから隣で寝るなとはたまとしても言いにくい。二人とも妻の座などというものにはひとかけらも興味がないこともわかっている。

まあいいか。たまはそう思ってから料理の仕上げをすることにした。

「食べるからさっさと布団を片付けて」

たまに言われて二人とも布団をたたむ。そして食卓を出す。

「終わったら手伝ってよ」

最近料理はたまか双葉の役目になっている。お雪は火が嫌いなのでどうしてもそうなってしまうのだ。

納豆と湯豆腐、そして蕪の葉のおひたし、それに蕪の覚弥《かくや》を並べる。覚弥というのは本来古漬を刻んで塩出しし、葱と鰹節をのせて醬油をかけたものである。

しかしたまは蕪を刻んでひと塩してから同様に刻んだ小松菜と混ぜている。そして味噌汁はすり下ろした蕪を入れたものだった。「みぞれ汁」と名付けていた。

「たまもすっかり料理がうまくなったな」

平次が感心したように言う。猫又であるときはそんなに気を使わなくていいのだが、平次に食べさせるためにすっかり人間の料理になじんでいる。もちろん、たまにとっては少し濃いめの味に仕上げることも忘れない。

まったく「人間くさい」ことだとたまは思う。妖怪からすると「人間くさい」というのは馬鹿にした言葉なのだが、たまとしては気に入っている。

「この栗は美味しいね」

双葉が言った。

「ありがとう」

「俺は豆腐のほうが好きだな。そしてこの醬油は美味いな」

平次はニンニク醬油が気に入ったらしい。漬け込んでおいたたまとしては嬉しかった。

「奉行が来たよ」

お雪が食べながら言う。長屋の入り口には簡単な結界があって、そこを誰かが通るとお雪にはわかるようになっていた。

「何の用事なんだろうね」

「ろくな用事じゃないだろうさ」

お雪の言う通りだろう。なにか事件があったわけでもないのに奉行が来るはずはない。そもそも本来は同心の役目であって、奉行が来ること自体おかしいのだ。

「団欒《だんらん》のところすまぬな」

北町奉行の榊原忠之が、悪びれることなく入ってきた。

「たしかに団欒中だけどいいですよ」

双葉が丁寧に頭を下げた。

奉行所の繕物を引き受けているので双葉は奉行には愛想がいい。たまやお雪とは違ってきちんと正業で金を稼いでいるだけに、世慣れていた。

「実は事件のことなんだがな」

「こんどはなんです」

「向島の廃寺で人が襲われる件だ」

奉行の言葉にたまたちは顔を見合わせた。

そうだった。そもそも奉行に命じられたのは、「向島の廃寺で人間が妖怪に襲われて金を奪われる」件の調べである。田村の一件は無事解決したが、そちらのほうはまったく進んでいない。

「また襲われたんですか？」

「うむ。被害者の詳しい話がようやく聞けた。生暖かい風が吹いて、同時に体が動かぬほどの空腹に襲われてな。動けないところで金品を奪われるそうだ」

「空腹で倒れるのかい」

お雪が言った。

「そうらしい」

奉行は部屋の中でどかりとあぐらをかくと腕組みをした。今日はお忍びらしい。浪人のような着流し姿である。

しかし風格はなかなかのものなのでどう見ても浪人には見えない。本当のお忍びというよりも「お忍びごっこ」という感じだ。

「心当たりはあるか？」

「そいつは『ひだる神』だね。間違いない」

お雪がきっぱりと言った。

「会ったことがあるのか」

奉行は不審に思ったらしい。

「会ったことはないけど知ってるのさ。あれは山の妖怪でね。わたしたち雪女とは生きてる場所が近いからね。でも向島に出るとは思わなかった」

「では退治できるのか？」

「できないね」

お雪が肩をすくめた。

「倒せない。神って言われるくらいだからね。倒す方法もないし、あいつがその気になったら妖怪には姿は見えない。それに妖怪だって空腹では倒れるからね。とにかくあいつには勝てないよ」

お雪は無理無理、という様子を見せる。

「困ったな。平次よ」

「へい」

「なにか考えろ」

「ええっ」

平次は驚いてのけぞった。

「なにかってなんですか？」

「お前のほうが妖怪に詳しかろう。お雪どのが倒せないというのでは奉行所はお手上げよ。お前がなんとかするのだ」

「できないとどうなるんですか？」

「打ち首やもしれぬな」

奉行はそう言ってにやりと笑うと立ち上がった。

「では失礼する」

そしてさっさと出ていってしまった。

「え。本当に打ち首になるのか」

「冗談でしょ」

たまは言った。平次のやる気を出させるための冗談とは思う。しかしそんな冗談を言ってしまう程度には深刻なのだろう。

「本当に倒せないの？　お雪」

「ひだる神と戦ったことなんてないからわからないよ」

「倒し方はあるのか？」

平次が興味を持ったように身を乗り出した。

「本当に戦う気なのかい？」

「打ち首と言われちゃね。それだけ困ってるってことだろう」

平次に言われてお雪は考え込んだ。

はたしてそんなことが可能なのかは、たまも興味がある。

しばらくしてお雪は口を開いた。

「倒し方は知らないけどさ。ひだる神っていうのは空腹と不幸が妖怪になった奴だからね。満腹になるといいんじゃないかな」

たしかに空腹の妖怪なら満腹になればいい。

「どうやったら満腹になるの？」

「知らないよ。でも食べて解決するならもう成仏してるだろうさ」

それはそうだ。単に食べれば済む問題ではないはずだ。

「そいつは満腹じゃなくて満腹感だろうな」

平次が言う。

「どう違うの？」

たまが訊くと、平次は目の前の料理を指さした。

「俺は一人暮らしの岡っ引きでさ。飯も一人で食ってた。もちろんそれはそれで楽しいんだが、こうやってわいわい食べる飯とは違うんだよ。だからそいつもさ、わいわい食べるといいんじゃないかな」

平次が言うと、お雪がくすりと笑った。

「俺はなにか変なことを言ったか？」

「言ったね」

お雪はなにかがツボに入ったらしい。あまり笑うことのないお雪が珍しく笑っている。

「だって考えてごらんよ。人にとりついて空腹で苦しめる妖怪なんだよ？　一緒に飯を食いたいなんて妖怪でもいやしないよ」

その通り、とたまも思う。

そもそも退治する相手の妖怪の立場に立って考えるのはおかしいといえる。でもだからこそ、平次ならひだる神を倒せそうな気がした。

それにしてもとたまは考える。

空腹と不幸の妖怪とはどんな相手なのだろう。

そのころ。

ひだる神はお雪の言う通り不幸であった。

そこは向島の端。有名な梅若塚《うめわかづか》の近くにある小さな廃寺であった。梅若塚は木母寺《もくぼじ》という立派な寺の境内にあるが、いまひだる神のいる寺は誰もおらず寂れている。ひだる神は三人の男とそこにいた。男たちはケチな盗人《ぬすっと》で、いまはひだる神と手を組んでいた。

ひだる神が空腹を使って通行人を倒し、そこを襲うというやり方である。

ひだる神は金にはまったく興味がないから、盗賊たちの好きにすればいいと思っている。その代わりひだる神に捧げ物をさせているのだ。

それは満腹感という捧げ物である。

ひだる神は妖怪といっても実体がはっきりあるわけではない。だから動物の妖怪のように直接食事はできないのだ。

だから人間を満腹にしておいて「満腹感」だけ吸い取っている。それでも本物の満腹を味わえるわけではなくて、いつも空腹であった。

なくならない空腹感はいやな思い出を呼び起こす。山道で空腹に倒れて、助けが来ず死んでしまった記憶である。

多分自分の人間時代の記憶なのだと思う。しかし自分が誰だったのか、なぜ空腹で倒れていたのかは憶えていない。

空腹で苦しかった記憶だけがぼんやり残っていた。だからひだる神は人間のことは好きではない。

目の前の盗賊たちは、限界まで食事をしていた。飯と漬物、梅干しだけである。ひだる神が欲しいのは満腹感だ。とにかく詰め込ませたい。美食では効率が悪くなるのだ。

男たちが満腹で動けなくなるのを見定めると、ひだる顔は順番に満腹感を吸い取っていく。

少しは腹が満ちる。だがまだ全然足りない。

満腹感を吸い取られた人間は、体が満腹なのに空腹感を覚える。そしてまた食事がしたくなるのである。

「もう少しやるか」

ひだる神が言うと、男たちは首を横に振った。

「今日は勘弁してくれ」

盗賊をまとめている男は健一《けんいち》と言って、今は二十五歳である。元々は九段下《くだんした》のあたりでぶらぶらと手伝い屋をやっていた。手伝い屋というのは、定職につかない若者たちが好んでやる仕事だ。老人の手を引いたり、荷物を運んであげたりすると一回に四文もらえる。江戸では独り身なら月に二分もあれば暮らせる。手伝い屋でも贅沢《ぜいたく》をしなければ暮らしていける儲けにはなった。

しかしまだ若い健一はそれでは物足りないと、だんだんと盗人の道に踏み込むようになる。そのうち仲間ができて三人で徒党を組むことになった。

ある時ひだる神は三人を襲った。彼らはそこで逃げ出す事をせず、ひだる神と手を組んで盗みを働くことを思いついたのである。

ひだる神からすれば便利な道具である。もちろん彼らがひだる神を金儲けの道具だと思っていることは重々知っていた。

お互いを道具として利用しあっているだけの関係である。

だがそれで良い。少しでも腹を満たせる感覚があればひだる神にとっては後はどうでもいいことであった。

道具である彼らが苦しもうと、興味はないのである。

「もう少しやろう」

そう言われて男たちは悲鳴をあげながらも飯を食った。

そしてひだる神はごくわずかな満腹感を味わったのである。

夜になって、たまは平次とお雪を連れて野寺坊の所に行った。彼ならなにか知っているだろうと思ったからだ。同じ向島のことでもある。

「ああ、知っておるよ」

野寺坊は首を縦に振った。

「だが近寄らないほうがいい。恐ろしい奴だよ」

野寺坊が今度は首を横に振りつつ言う。

「でもあんたは死んだりしないんだろう。怖いものなんてあるのか」

平次が訊く。

「あるとも。死なないからと言って苦痛を感じないわけではない。人間に殴られた程度のことなら痛くも痒《かゆ》くもないが、ひだる神は別格よ。とにかく空腹感と不幸を味わされるからな。あれにはかなわない」

内面からの苦痛は防げないということだろう。

「戦う方法はないのか」

「ない」

きっぱりと言われる。どうやら本当に打つ手が何もない相手のようだ。

「そいつを満腹にできればいいって聞いたんだが」

「そうかもしれないがそれは無理だな」

「どうしてだ」

「あいつの心には飢えて死んでしまった時の思い出が根強く染み付いていてな。それがある限りは満腹にはならんのよ。どんなにありがたい説法でも、あいつの嫌な思い出を消すことは叶わぬのだ」

「それで今なぜ人間の金を盗んでいるんだ」

「ひだる神のところに今、ケチくさい盗賊が三人住み着いている。木母寺の向こうだ。そいつらがひだる神を使って金を稼いでいるんだろうさ」

「そんなに物分かりのいい妖怪なのか。それなら話し合いで人を襲うのを止めてくれたりしないのかな」

平次が言うと、野寺坊はまた首を横に振った。

「あやつの人間嫌いは深刻だからな。盗賊と手を組んでいるのも、盗賊ならどう扱ってもいいと思っているからだろうよ」

それから野寺坊はあらためて言った。

「悪いことは言わぬ。あやつに手は出すな」

だが、平次も首を横に振った。

「いや、やる。捕まえられるかはわからない。だが、俺はそいつと友達になってみようと思う」

「無茶を言うな」

野寺坊の言葉にも平次はひるまなかった。

「いや、妖怪は悪い連中じゃない。みんな少しわけありなだけだ。岡っ引きだってたいていわけありだからな。手を貸せるなら貸すよ」

平次の決意は固いようだ。

しかし空腹と不幸の妖怪とどうやって友達になるのだろう。それはたまにはまったくわからない。

「野寺坊。安全にそいつと会う方法はないか？」

「守りたくても守れないからな」

野寺坊が悲しそうな顔をする。

「まずたまが様子を見てくるよ。平次はお雪と長屋に戻ってて」

「たまが一人で行くのか？」

「徒党を組んでたら相手も警戒するでしょ」

話からするとひだる神は心を閉ざしているようだ。みんなで行っていいことはないだろう。

平次たちを送り出すと、たまはひだる神のところに行くことにした。

木母寺の向こうとなるとけっこう静かなあたりだ。夜で誰も歩いていない。むしろたまが歩いているのが怪しいくらいである。

しばらく歩くと、人のうめき声が聞こえてきた。いかにも苦しそうな男の声が三人分である。

少し足を早めると、廃寺の中に男が三人ころがっていた。男たちの後ろに靄《もや》のようなものがいる。

それがひだる神だろう。どうやらたまの目にもはっきりとした姿は見えない。しかし匂いはあった。なんというか、独特な匂いである。

悲しみと恨みの混ざったような……人間がどう感じるかは知らないが、たまにはそういう匂いに思えた。

これは敵意が湧かないとたまは思う。雰囲気からすると猫又のたまでは勝てそうにもないが、もし勝てるとしても、勝ってはいけない気がする。

気配しか感じられないが、悲しい顔をしている気がした。

目を凝らしてもはっきりとは見えない。肉体というよりも雰囲気が形を作っている感じだ。

「猫又か。なんの用だ」

「あなたが人間を襲っているって聞いたから」

たまが言うと、ひだる神は鼻で笑いとばした。

「だからなんだ。人間を襲ってなにが悪い。猫又風情《ふぜい》がなにか言えるのか」

そう言うひだる神の声はつらそうに聞こえた。何とかしようと思ってもたまにはどうしようもない。

だがとりあえずどのくらい強いのだろう。猫又の攻撃は通用するのだろうか。

「ひだる神って強いの？」

たまは挑発してみた。

「ほほ。猫又が面白いことを言う」

ひだる神の方向からひたひたと殺気が来る。

しかし相変わらず気配だけで姿は見えない。殺気と匂いを頼りに後ろに飛んで身をかわした。

着物の袖がぼろ布のようになった。

「空腹の妖怪じゃないの？」

「着物だって腹が減るのだよ」

ひだる神のからかうような声がした。

「今日は帰るわ。でも見てなさい」

「いつでも待っておるよ」

ひだる神の声を背に受けながら、たまはとりあえず逃げ帰ったのであった。

長屋に行くとみなが心配そうな顔をしていた。双葉はおにぎりを作ってくれていた。

「平気？　たま。お腹減ってない？」

双葉に言われてたまは頷いた。

「普通に減った。でもやられたわけじゃないよ」

「じゃあ食べなさい」

双葉はおにぎりを三個出してくれた。

「なんでおにぎりなの？」

「ひだる神にとりつかれたら米か餅を食べるといいんだって」

それはきっと、ひだる神が人間だったころに最後に食べたかったものなのだろうと思った。

双葉のおにぎりを食べる。しっかりと塩味がきいていて、中は梅干しだった。いかにもおにぎりという味である。

「美味しい。ひだる神にも食べさせたいな」

たまが言うと、双葉が感心したように言った。

「なにか思うところがあるんだね」

「悲しい」

たまが答える。

「悲しい？」

「うん。悲しい匂いがした。たしかに空腹の妖怪かもしれないけど、空腹を楽しんでるようには見えなかったよ」

「じゃあなんなんだい」

お雪が言った。

「空腹に苦しんでるのはひだる神も一緒ってこと。なんとか抜け出せればそれに越したことはないのよ」

「それはいやだな」

平次が言う。

「何百年も腹が減ったままだと、いろんなものを恨みそうだ」

「そう。だからね」

たまは胸を張ってみなを見回した。

「ひだる神を幸せにしようと思う」

ぱん、と花火があがった。冬の花火は夏の花火と違った趣がある。秋葉《あきば》ケ原《はら》では季節に関係なくよく花火があがる。

花火を見たい旦那衆が打ち上げさせるからである。

たまは歩きながら平次の腕にからみついた。

「いかにも恋人って感じがするね」

「恋人なんじゃなくて女房じゃないのか」

平次が言う。

「そういうこと言っては駄目ってよく言ってるでしょ。まったく男くさいんだから」

「なんだよ。その男くさいというのは」

たまは平次の腕に歯を立てた。

女房になったらもう恋人ではないというのは男の考えだ。恋人の上に女房が来るのであって、恋人でなくなったわけではない。

だから腕を組んでいる時はあくまで恋人なのだ。なのに恋人ではなくて女房だ、と言うのは野暮にもほどがある。

「ごめん」

「何が悪かったと思って謝ってるの?」

「わからねえけど謝る。俺が悪かった」

平次が頭を下げる。

それでは全然反省とは言えないと思う。とはいっても、なんだかわからないがきっと自分が悪いに違いないと思って頭を下げる平次はすごい。

江戸の男は大抵が自分のほうは悪くないと思って頭を下げるどころかふんぞり返る奴が多いと聞いている。

「だからね。女房はまず恋人なのよ。恋人が結婚して女房になるんだから。女房だからといって恋人をやめたわけじゃないの。勝手に恋人じゃないことにしないで」

「そいつはたしかに野暮だった。すまねえ」

平次が頭を下げる。

すると後ろから咳払いの音がした。

「二人でイチャイチャするのを止めはしないけど、他人がいるのを少しは考えてやってくれないかね」

お雪があきれたような声を出した。

「ごめん」

「そもそもなんだってここに来てるんだい」

お雪がさらに言う。

「ああ、用事があるの。すぐにわかるわ」

たまが歩き出す。

それにしてもと平次は思った。秋葉ケ原は華やかな町だ、と。

秋葉ケ原は女子の町である。同じ火除《ひよ》け地でも両国とはまったく違う。両国は四文均一の商品を売る四文屋《しもんや》と呼ばれる屋台が立ち並んでいる。どちらかと言うと飲食店が中心になっている町だった。

それに比べると秋葉ケ原は興行の町である。もちろん飲食店もあるが、神楽《かぐら》や女芝居といった興行が目立つ。

江戸の出し物は男中心である。歌舞伎にしても落語にしても演じるのは男だけで女が演じることはない。

しかし秋葉ケ原に関しては違う。ここはきちんとした建物が建てられないというのを逆手にとって、女子の興行が盛んなのである。

だから他の場所よりもずっと女子が元気な町だと言えた。

「巫女《みこ》団子はいかがですかー」

元気な声がした。秋葉ケ原の名物の「巫女もの」だ。あたりでは、巫女や比丘尼《びくに》の格好をした女性が団子や酒を売っている。

狐や猫の耳をつけた女性も多い。

曲亭馬琴《きよくていばきん》の狐娘ものが興行として当たって以来、狐の耳を飾りにつけるのが好きな女性は多い。ただ歌舞伎の衣装ほどには流行っていないから、秋葉ケ原まで耳をつけにやってくるのである。

「あら、お雪さんじゃないですか。双葉さんにたまさんも」

一人の耳をつけた女性がやってきた。巫女の服に狐の耳である。三人に声をかけてきたということは妖怪なのだろう。

「こんなところにどうしたの」

「うちの亭主と歩きに来たのよ」

たまが平次の腕にしがみつく。

「美味しそうな男」

「手を出しちゃ駄目だよ、すみれ」

「しないですよ。岡っ引きなのね」

「平次って言います」

すみれの見た目は十八歳くらいだろうか。しかし妖怪なら平次よりはずっと年上に違いない。

「失礼なこと考えたでしょ」

言いながら、上から下まで平次を見る。しばらくして満足したらしい。

「すみれって言います、よろしく。ごひいきにしてくださいね」

そう言ってにっこりと笑う。その姿はどう見ても傾国の美女だ。妖怪という感じはまったくしない。

耳は自前なのだろう。つまり狐の妖怪ということだ。

「狐なのか？」

「そうよ。まあそれはそれとして、なんでこんなところを歩いているんですか？　最近たまさんたちが捕り物の真似事をしてるとは聞いたけど、本当なのね」

「すみれはいや？」

「私を捕まえるのでなければ気にしません。捕まる妖怪が悪い」

「よかった」

「そう言うってことは、ここには捕り物で来たの？　騒がれるのはいやなのですが」

すみれが眉をひそめる。

「ここは妖怪でも自由にいられる町ですから。荒らされると困るのよ」

たしかに秋葉ケ原では耳が狐だろうと猫だろうと誰も気にしない。それどころか人形が歩いていようと鬼が歩いていようと気にしない町である。

だからここでごたごたは起こしたくないのだろう。

「騒がないよ。でも少し手を貸してほしいんだ。倒さないといけない妖怪がいるの」

「誰？」

「ひだる神」

たまが言うと、すみれはため息をついた。

「ここから先はうちの団子屋に来てください。道端ではいやです」

たまはみんなとすみれの店に歩いていった。

その間も秋葉ケ原は秋葉ケ原である。

「みんなーわたしのために来てくれてありがとう」

という声がする。

「あれはなんだ？」

平次が言った。

「歌と三味線。本来は吉原くらいでしかやらないのをやってるから人気あるのよ」

たまが答える。

「そうか」

「吉原よりも規律がゆるいからね。気軽なの」

男子中心の江戸にあって吉原以外で女子の町となると秋葉ケ原である。

しかしついでに妖怪の町であることは平次は知らなかった。

すみれが団子を持ってやってくる。

すみれの店の団子は茶団子であった。茶の粉を団子に練り込んでいる。食べると茶の香りがふんわりと口の中に広がる。

餡《あん》ではなくて、生地の中に砂糖を混ぜているようだった。

「美味しいな」

平次が言うと、すみれは笑顔になった。

「団子屋はまず味。きっかけは店の者の服装なのかもしれないけども、客をつなぎとめるのは結局は味なの。団子が美味しくなければ本当の意味では通ってはくれないです」

すみれは至極《しごく》真面目なことを口にした。日々そうやって頑張っているのだろう。それだけに自分の店を騒ぎに巻き込みたくないのもわかる。

「それでなんだってひだる神と戦うんですか。あれは神って名前が付いてるだけあってものすごく強いのよ。ここら辺の妖怪が束になっても倒すことなんてできません」

「そんなに強いのか」

平次が思わず訊いた。

「相手は空腹なんですよ。妖怪だろうとなんだろうと空腹相手に勝てる奴なんてどこにもいないわ」

たしかにそれはそうだ。生きていればどうやったって腹は減る。そこを押さえられてしまったら勝つことなどできない。

「そういう方向で戦をするわけではないのよ」

たまが言うと、すみれは少々怒ったような声を出した。

「ではどうするんですか。戦わずに勝つとでも？」

「そうよ。戦わずに勝ちたいの」

「どういうこと」

「ひだる神を幸せにしてあげたいのよ」

「え……どうやってですか？」

すみれは少し興味を持ったようだった。

「わたしたちの力で、なんとかするの」

たまが言うと、驚いたような表情で腕を組んだ。

それからお雪のほうを見る。

「お雪さんはどう思ってるんですか。夢を見てるとかっていうのはなしですよ」

すみれに言われて、お雪は唇で笑みを作った。

「どうも思ってないよ。どうやって幸せにするかも知らない。でもたまがやりたいっていうんだからなにか考えるさ」

「つまり思いつきってことですね。あきれた」

すみれはため息をついた。

「詳しいことはこれから考えるのね。どうしたら幸せになるんでしょう」

「お腹いっぱいになったら」

たまは答えた。どう考えてもそれが一番だからだ。

「相手は空腹の妖怪なのよ？　満腹になんてなるわけないでしょう」

「誰かにとりついて満腹になればいいじゃない」

たまが言う。

「どうやって。それにとりついたからってひだる神が満腹になるわけではないわ」

言ってから、すみれはなにかに思い当たったらしい。

「なるほど。そういう考えはありますね。でも、誰がやるの？」

「平次」

たまが言うと、すみれは面白そうに声をあげて笑った。

「夫と言いながらそんなことをさせるつもりなのね。それって道具ってことではないですか？」

「違う。平次を信じてるからするんだよ」

すみれが平次のほうを見た。

「いまたまさんが言っているのは、もしかしたらあなたが死んでしまうかもしれないようなことよ。そんな提案をされても平気なんですか？」

「まあ。いいんじゃないか？」

平次が普通の顔で答えた。

すみれにとってはよほど意外だったらしい。声が少々高くなった。

「よくないでしょう。死ぬかもと言っているんですよ？　猫又に騙《だま》されて死ぬとかっていやじゃないの？」

「たまは俺を騙さないし、失敗して死ぬんだとしたら俺の失敗だからな。たまのせいで死ぬわけではないよ」

「あきれた。猫又なんかにそんなに入れ込むなんて」

すみれはまたため息をついた。

「たまさん。この人くれないですか？」

不意にすみれが言う。

「ひだる神に殺されたと思えば惜しくもないでしょう」

「惜しい」

たまが言うとすみれは軽く舌打ちした。綺麗な顔に似合わずややはすっぱな仕草だったが、驚くほどに色気がある。

「それでお雪さんと双葉さんも賛成なんですか？」

すみれに言われて、二人とも頷いた。

「本当にあきれた。でもそうですか、ひだる神とですか」

それからすみれはあらためて腕を組む。

「どうやるのがいいんだろう」

「大食い大会。あれに出たいの。今日はその方法を調べに来たのよ」

すみれは、ははん、という顔をした。

「考えたのね」

秋葉ケ原は興行の町である。その中には大食い大会や大酒大会もあった。大食い大会は人気の催しで、いつも見物客が詰めかける。

米も味噌も、店からふんだんに提供される、秋葉ケ原の名物であった。ひだる神と対決するならこれが一番いいとたまは思っていた。

すみれもわかってくれたようだ。

「それならこちらで出られるように手配します」

すみれがあっさりと言った。

「できるの？」

「巫女団子はこれでも影響力あるのよ」

すみれの店は繁盛しているから発言力もあるのだろう。ここは好意に甘えることにした。

「ありがとう」

「待った待った。俺は大食い大会で優勝なんてできないぞ」

平次があわてた声を出した。

「たしかに食べるほうだけど、大食いに出てくる連中は全然違うんだ。あれは胃袋がどうかしてる奴らなんだぞ」

平次の言うこともわかる。大食いに出てくる人たちは、どこに入るんだというほど食べる。平次が少し頑張ってもどうにもならないだろう。

だがここはやってもらうしかない。

「しないと駄目」

「いや。無理だろう」

たまが言う。

「妖怪の力を借りれば平気。ひだる神の力で優勝するから」

ひだる神は空腹の妖怪だ。うまく力を借りれば平次でも大丈夫なはずだった。

「わかった」

平次がため息をついた。無理と言っても意味ないと思ったらしい。

「手続きには本人が必要なの。来てください」

そう言うとすみれは平次をつれていってしまった。

あとにはお雪と双葉が残る。

「本当に平気なの？　たま」

双葉が心配そうに言った。

「なにが？」

「失敗すると平次さんが死ぬって嘘じゃないでしょ」

「そうだね」

たまは答える。たしかに、力の強い妖怪が人間にとりつくと、死んでしまうことがある。器の力が足りない場合である。

しかしたまが平次と暮らしているかぎりでは、うまくやってくれるような気がしていた。

「それにしてもこの団子は美味しいね」

双葉がぱくぱくと団子を食べる。すみれが双葉の分は多めに持ってきてくれていたのだが、とても足りそうにない。

「追加でなにか買ってくる」

そう言うと双葉は出て行こうとした。

「わたしも行く」

たまも立ち上がった。お雪に目をやると、お雪は「行ってらっしゃい」と手をひらひらと振ってきた。

たまとしては双葉の意見を聞きたい。双葉はふた口女だから、空腹の妖怪に近いかもしれない。だから少しはひだる神の気持ちがわかりそうに思えた。

「言っておくけど、ひだる神の気持ちはわからないわよ」

双葉が最初に言った。

「わたしは食欲の妖怪であって空腹の妖怪じゃないから」

「どう違うの?」

「恨みはない。ひだる神は恨みがあるから大変なのよ。平次さんはいい人だけど、あの恨みを受け止めきれるのかしらね」

「体ではなくて心のほうということ?」

「そう。空腹の狂気には人間は弱い。それで平次さんを潰しても平気? 大丈夫という夢ばかりではなくて。本当に潰れたとき」

そう言われてたまは考える。

きっと永遠に後悔するに違いない。妖怪の一生は人間とは比べられないほど長いから、後悔も長いだろう。

「ずっと悔やむと思うよ」

「それならやめればいいじゃない。人間が多少襲われたって関係ないでしょう。奉行にそこまで義理もない」

双葉は腹を立てているようだった。それはたまと平次を心配しての腹立ちなのだろう。なんとなく双葉の怒りが嬉しくなる。

だが、たまは首を横に振った。

「駄目だよ。それじゃあひだる神は不幸なままじゃない」

「それでいいでしょ」

「本当に？」

訊き返すと、双葉は黙り込んだ。妖怪は基本的に助け合わない。大きなくくりで妖怪という名前がついているが、実際には別の生き物なのである。種族も違う。だからひだる神を幸せにしてあげる義理はどこにもないのである。

たまが手助けをしたとしても、それは妖怪からすると余計なお世話というやつで誰からも感心されたりはしない。

感心する妖怪がいるとしたら、まさに人間くさい連中だけだ。

「たまはやっぱり人間くさいね」

双葉はそう言って笑った。

「わかった。うまくやろう」

双葉は手先が器用だから協力してくれるととても助かる。ひだる神が平次にとりつくために、平次の背中に呪文を書かないといけないからだ。

たまでも書けるが双葉のほうがきっとうまい。

双葉は気持ちの切り替えがついたのか、屋台で食べ物を買い始めた。

「最近玉蜀黍《とうもろこし》が好きでね」

言いながら「お焼き」を買う。「お焼き」には小麦粉と玉蜀黍粉の二種類がある。

双葉は玉蜀黍のほうが好きらしい。

六個買い求めると、双葉は笑顔になった。

「じゃあ帰ろう」

そう言って先に立ち、すみれの店に戻る。

店についたころに平次も戻ってきた。

「おかえり」

たまが言うと、平次は笑顔を見せた。

「ただいま」

「この人は駄目ですね」

すみれが大声で言う。

「腑抜け野郎だわ。たまさんに魂を抜かれちゃってます」

「すまない」

平次がすみれに頭を下げた。

「だからなんでそこで謝るんですか。平次さんはなにも悪くないでしょう。女が怒ったから謝るというのは女を馬鹿にしてるわ」

「すまねえ。いや、じゃあいったいなにを言えばいいんだよ」

「なにを言っても怒りますよ」

すみれが怒りの表情を続ける。

「それは少々無茶じゃないか」

平次が困りはてた顔になる。

「いいのよ、平次。もういいの」

たまは平次の肩に手をかけた。

「ありがとう。すみれ」

たまはまだ怒っているすみれに頭を下げると、長屋へと戻ったのだった。


そして。

長屋に帰ったたまは、平次に全部話した。ひだる神にとりつかれたらおかしくなるかもしれないこともである。

「よし。ちょっと見に行こうぜ、ひだる神ってやつを」

平次が言う。

「危ないよ」

たまは思わず止めた。が、平次の気持ちは固かった。

「いや、見る。そもそもさ、俺にとりつかせるんだろう。それなのに顔も知らないっていうんじゃ気分も出ないじゃないか」

平次の言うことは正しい。しかしひだる神がその気になったらたまでは平次を守ることはできそうもない。

平次がうまくやってくれるのに賭けるしかなかった。

「わかった」

たまは頷くと、ひだる神のところに向かうことにした。

用心のためにおにぎりを六個かかえていく。

途中で野寺坊のところにも寄ることにした。

野寺坊はまるで普通の坊主のようになっていた。場所は廃寺ではあるが、きちんと掃除もされている。

「どうしたんだ」

野寺坊は平次を見ると嬉しそうに声をかけてきた。

「おう。野寺さん。元気そうだな」

平次が声をかける。

「野寺さん？」

「野寺坊じゃ言いにくいだろう。野寺さんなら人間らしい名前だしよ」

平次はいつの間にか野寺坊に名前までつけて親しくなっていたらしい。そのおかげで野寺坊も立派な坊主のようになったのだろう。

人間くさくなって。

そう思うと少しおかしくなった。

人間を嫌いなはずの妖怪が、平次に出会うと人間くさくなるのはなんだか面白い。

そしてだからこそたまは平次のことが好きなのである。

「これからひだる神って奴のところに行くんだ」

するとと野寺坊の表情が曇った。

「あいつはやめておけと言っただろう」

「不幸だって聞いたからよ。手を貸したいじゃないか」

平次が言うと野寺坊は感心したように平次を見た。

「ではわしも行こう。勝てはしないが、なにかあったら盾くらいにはなれる」

「ありがとう」

平次は素直に頭を下げた。

それから三人でひだる神のところにでかけていく。

歩いていくとどこからか唸《うな》り声が聞こえてくる。

「あれはなんだ？」

平次が訊いてきた。

「ただのうめき声だから気にしないで」

たまは言う。

「いや。うめいてる奴がいるんだろう」

「ひだる神のエサだから」

平次には実感はないのだろう。たまと一緒に歩きながら、なんとなくもやもやとした表情になっている。

「ただのうめき声っていうのはないんじゃないか？」

心配そうに聞いてくる。

「ひだる神にやられてるだけだからたいしたことないよ。殺されないし」

「そうじゃないだろう。うめくって苦しいことだからな」

平次は真面目に心配しているようだ。たまの知っている普通の人間なら、まず自分がどうなるのかを考えておびえてしまうだろう。

それなのにうめき声の主を心配するというのは少し変わっている。平次には自分を心配する心はないのだろうか。

たまとしては平次の人間離れした優しさに好感を覚えるが、無茶をして死なないかが心配ではあった。

うめき声は三人分だ。前にたまが会った男たちだろう。金と引き換えに自分を売っているのだからそこに同情はない。

ひだる神が飢えているように、男たちが金に飢えているために起こっていることだからだ。

しばらく歩くと廃寺があった。行灯の光が漏れている。

近づくと、はっきりとうめき声が聞こえた。男たちが床にころがっているのも見えた。

「邪魔するよ」

平次がひょいっと入った。

「こんばんは。ひだる神ってのは見えないのかな」

たまもあわてて中に入る。

ひだる神の気配は平次には見えないらしい。

「誰だ?」

ひだる神の声だけがした。

「姿、見せてくれない?」

たまが言うと、ひだる神は靄のような姿を現してくれた。どうやら平次に興味を持ったらしい。これはなかなか珍しいことだ。

「お、ありがとよ。あんた空腹の妖怪なんだって?」

平次が親しげに言う。

「お前はわしが怖くないのか？」

「怖い、か。う～んどうだろう。でも話せばわかりそうだな」

「わしは妖怪だぞ？」

ひだる神が怒ったような声を出した。

「妖怪だろうとなんだろうと、腹が減るのはつらいと思うんだ。それはわかるからさ。どうやら俺をうまく使えば満腹になれるらしいぜ」

平次の言葉を、ひだる神が疑わしげに聞いている。

「そんなことをしてお前になんの得があるのだ」

ひだる神が訊く。

「どうなのかな。得って意味ではあまりないな。何度も言うけど、腹減るのはつらいと思ったんだよ」

「そんな言葉をどうやって信じろというのだ」

そこに野寺坊が割り込んだ。

「こやつの言うことは本当だ、ひだる神」

ひだる神は、野寺坊を上から下まで見回した。

「随分様変わりしたな。なんだか人間のようだぞ」

「この平次のおかげなのだ」

野寺坊が力説した。

「こやつは妖怪だからといって敵だと思う奴ではない」

「ふん。そういう問題ではない。わしがこやつを敵と思うのよ」

ひだる神は納得しないようだった。

「じゃあさ、勝負といこうじゃない」

たまが挑発的に言った。

「勝負？　なんの勝負だ」

「あなたが勝ったら、平次を奴隷《どれい》にしていいよ。一生こき使うといい」

「わしが負けたら？」

「幸せになって」

たまの言葉に、ひだる神はわけがわからない、という様子を見せた。

「意味が通じないな。幸せになるとはなんだ」

「だから、平次と勝負すると、ひだる神は幸せになるんだよ」

「どうして勝負すると幸せになるのだ」

ひだる神はあくまで納得しない。それはそうだろう。勝負と言いつつ敗北の結果が「幸福」では話がかみ合わない。

しかし理不尽でもそういうものだ、とたまは思っていた。

「まあ、なんでもいいじゃないか」

平次が割って入る。

「勝負しよう。お互いのためになると思うんだ」

「負けたらお前はわしの奴隷になるのだぞ？　まったくわりに合わないだろう。ということはこれはなにかの罠だな？」

「どんな罠なんだよ」

平次が苦笑した。

「そもそもさ、あんたを倒せる妖怪はいないんだろ？　それなら勝負してもいいじゃないか」

そう言われて、ひだる神は考え込む。

「わしを幸せにする勝負とはどういうことだ？　猫又」

「平次と勝負すればわかる。わかっちゃうと勝負にならないじゃない。とにかくさ、勝負が怖いの？　それなら仕方ないけど」

見え見えの挑発をする。

人間ならひっかからないような挑発のほうが妖怪にはうまくいく。腹芸の使えない妖怪はいつもまっすぐだからである。

よく考えると、人間からするとこれほど利用しやすい相手はいないだろう。妖怪が人間に騙されて犯罪を犯さないようにするため、たまがいるとも考えられる。

妖怪が妖怪を取り締まるのは「人間よけ」なのだ、とたまは自覚した。

まずはひだる神からだ。

「わしを馬鹿にしているのか？　猫又、わしが負けるわけないだろう」

「わたしは平次が勝つと思うよ。だから負けたら奴隷なんて言えるの」

「お前がわしを馬鹿にしているのはよくわかった。わしは本当にこの男を奴隷にするが、いいんだな」

「もちろん」

たまは胸を張る。もし負けたらそのときはなにか考えようと思う。

「お前はそれでいいんだな？　人間」

「平次っていうんだ。よろしくな」

「敵に挨拶をするというのはおかしな男だ」

「敵っていうかさ、友達になれないかな？」

平次が言う。

「人間と妖怪は友達にはなれない」

「なぜだ？」

平次が訊き返す。

「お前はなぜなれると思うのだ」

ひだる神も引かない。

「だってお互い生きてるじゃねえか」

平次が当然のような顔をして言う。

「人間などすぐ死ぬではないか」

「いまは生きてるよ」

平次に言われてひだる神は黙る。これはなかなかいい勝負だ。妖怪というのは広い視野で物を見ることはほとんどできない。

ひとつ思い込むとそればかりになってしまう。それだけに平次に否定されてどう考えていいのかわからないのだろう。

「勝負しながら考えればいいじゃない」

たまが助け船を出した。

「そうする」

ひだる神は素直に答えた。

考えることができなくなったに違いない。

「ところでそこの盗賊を貰《もら》って帰りたいんだけどな」

平次が言う。

「こいつらは捕まえたいんだ」

「好きにしろ」

ひだる神に言われて男たちを見ると、二人しかいない。一人は逃げてしまったようだった。

「二人か。まあこいつらだけでも突き出すか」

平次は大きく息をついた。

「おう、お前ら。妖怪と手を組んだなんて言うとなにを言われるかわからねえからな。普通に倒れてる奴の懐《ふところ》をあさったって言ったほうがいいぜ」

平次に言われて男たちは頷いた。

「じゃあ大人しく番屋まで来るんだな」

男たちはすっかり諦めているようだった。本所の番屋まで連れて行く。番屋はあちこちにあるが、どうせなら前に世話になった番屋に突き出しておこうと思ったのである。

今回の件を平次の手柄にする気はない。あちらの手柄にすればいい。

「それにしても本当に負けたらどうするつもりなんだ」

野寺坊が言う。

「負けないよ」

平次が言った。

「なぜだ」

「あいつが負けたがってるからだよ」

それから平次は男たちに話しかけた。

「お前たちの知ってるひだる神の話をしろ」

男たちは観念していろいろと話し始めた。どうやら彼らは儲かりそうだというので仲間になっただけで、強い悪意があったわけではないようだ。

「俺たちは騙されたようなもんなんですよ。たしかに多少金は入りますけどね。あんな思いをするんなら、足を洗ったほうがずっといいんです」

男たちはたらふく飯を食わされて、満腹感だけ吸い取られ、また飯を食わされる。これを一日に三度も四度もやらされていた。

どうやって脱走しようか相談していたところに平次がやってきたらしい。

「捕まえてくれてありがとうとしか言いようがないです」

そんな礼まで言われる始末だった。

野寺坊とは向島で別れ、本所の番屋に着いた時には完全に夜中であった。しかし戸口から明かりが漏れている。誰かがいるらしい。

戸を開けると、大家が一人で座っていた。

「盗人をつれてきたんだが」

平次が声をかける。

「おや、これはこれは」

大家は平次のことを憶えていたようだ。

「この暗さで俺がわかるのかい」

「いや、わからない。けど平次さんだろ」

「わからないけど平次ってなんだよ」

「見えないからわからないんだよ。でも女房つれて十手持ってるなんて他にいるとは思えないからね」

　そう言うと、大家はあらためて行灯に火をつけた。部屋に明るく火がともる。いままでつけていたのは薄暗い灯心のもの。いまつけたのは明るい蠟燭の行灯だった。

「それでこんな夜中になんの用事だい」

　番屋に残っていたのは、以前初太郎と名乗った大家だった。

「向島で最近人が襲われていたのはこの男たちの仕業《しわざ》なんでさ。向島からここにつれてきたってわけです」

　平次が言った。

「それはわざわざありがとう」

　初太郎は言ったが、嬉しそうでもない。

「余計な世話だったですかね？」

「そうだね」

　初太郎は表情を変えないまま言った。

「平次さん。あんたはいい人だから言っておくけどね。あまりいい人だと他人には迷惑になるってことを憶えておいてもいいかもしれないね」

「どういうことでしょう」

「同心も岡っ引きも、犯人を捕まえると手柄になるよ。でもわたしたち番屋に詰めている人間には関係ない。働いているのはあくまで自分の町のためなんだ。だから向島の盗人をこんなところに連れてこられても、わたしたちには迷惑なんだよ」

きっぱりと言われて、平次が困った顔になった。

大家の言う気持ちはたまにもわかる。妖怪だって自分に関係のない物事を持ち込まれたら迷惑だと思うだろう。

平次はわけへだてなく困った人を助けたいと思うから、かえって気が回らない人間になってしまっているようだ。

「そうは言っても連れて帰れってわけにいかないから引き取るけどね。今度からは気をつけておくれよ」

そう言って早々に追い払われてしまった。

「なんか俺って駄目な奴なのかな」

平次が言うのに、たまは笑顔になった。

「そうだね。駄目な奴だね。でも平次は駄目な奴でいいと思うよ」

「なんでだよ」

「そのほうがいい男だから」

たとえ人間の世界で評価されなかったとしても、妖怪としては今の平次のほうがずっと好ましい感じがする。

「とりあえず長屋に戻ろう」

たまは平次を連れて長屋に帰った。よほど疲れていたらしく、平次は長屋につくなりすぐさま眠り込んでしまった。

「首尾はどうだったんだい」

お雪が聞いてくる。

「勝負することになったよ」

「しかしこんな変な勝負でうまくいくのかな」

双葉も首をかしげる。

「なんとかなるとは思うけどさ。とにかくもう一回すみれに会ってくるよ。平次の印象を詳しく聞いてみたいから」

その場はさっさと眠ることにした。

翌日、たまは一人で秋葉ケ原に向かった。

団子屋につくと、すみれだけではなくて、もう一人妖怪がいる。

「久しぶりだね。たま」

「子泣き爺《じじい》じゃない」

たまは思わず声をあげた。

そこには、どう見ても十六歳ぐらいにしか見えない少女がいた。

「爺はつけないで」

「だって子泣き爺でしょう」

「あたしに爺ってつけた奴を祟《たた》り殺してやりたい」

子泣きはそう言うとむくれた顔をした。

「つぐみって名前で呼んで」

「そうね」

たまも頷く。子泣き爺というのは誰かが勝手につけた名前である。本来は声の妖怪で、どんな声でも出すことができる。自分の声がないということで、声なきからの「子泣き」であった。

なにかのはずみで爺の声を出した時に、その名がつけられてしまったのである。

様々な声を出せるので団子屋にとってはいい手伝いである。

「昨日はいなかったじゃない」

「用事があったのよ。今日だって本当は忙しいんだけど。それよりも男が出来たって本当？」

　つぐみがずけずけと聞いてきた。

「本当よ」

　たまは素直に答える。つぐみは悪意はないが思ったことはなんでも言ってしまう。言われたくないことはつぐみに言ってはいけない。

「今日はなんでここにいるの？」

「ひだる神となにかするんでしょ」

　つぐみが興味津々という声を出した。

「知り合いなの？」

「そうよ。あたしはひだる神にやられたりしないからね」

　なるほどとたまは思う。子泣きは声の妖怪だから、本体は声である。つまりひだる神の攻撃は子泣きには効かない。

　だからひだる神も子泣きには一目置いているのだろう。

「それはわかったけど、ここにいる理由は？」

「ひだる神を殺すんでしょ。見送らないと」

つぐみがあっさりと言った。

「殺すわけじゃないよ。幸せにしたいだけ」

たまが反論すると、つぐみが面白そうに笑った。

「さすが猫又。妖怪のことがわかってないね」

つぐみが笑顔のまま言う。

「わたしも妖怪なんだけど」

かちんと来てたまは言い返す。

「猫又は存在理由がいらない妖怪なのよ」

「どういうこと？」

「猫の化身でしょ。狐もそうだけど、動物の妖怪は目的がなくても生きていくことができるじゃない」

それからつぐみはあらためて言った。

「ひだる神は空腹と不幸が存在理由なの。だから満腹で幸福になったら消えてしまう。つまり殺すってことよ」

そう言われてたまは考え込んだ。たしかにその通りだ。ひだる神を幸せにすることが、殺すことになるとは考えなかった。

「それじゃあ、やめたほうがいいのかな」

「いえ。殺してあげて」

　つぐみが言う。

「そうなの？」

「死んだほうが幸せな妖怪もいるのよ。でもその分ひだる神の命を平次って人が背負わないといけないかもしれない。人間に妖怪の命を背負わせるって、たまはそれでいいの？」

「どうだろう」

　たまは考え込んだ。平次は少し変わっているが人間だ。ひだる神の命を背負うことになった場合、生きていけるのだろうか。

「それにたまは考えてないかもだけど、ひだる神だけじゃないよ。存在理由を失って死ぬ妖怪はこれからも出るし、妖怪を殺す平次を憎む妖怪も出る。そういうのを全部背負わせちゃっていいの？」

　つぐみはにこにこした笑顔でしゃべっているが、声は真剣そのものである。

「本人がそうしたいならいいけど、たまが背負わせるのは違うんじゃない？」

「そうだね」

たまはため息をついた。

「平次に訊かないとだね」

「それって何か意味があるんですか」

すみれが口を挟んできた。

「平次さんが決めないと仕方ないでしょ」

つぐみが鼻で笑った。

「そんなのたまに言われたら背負うって言うに決まってるじゃない。人間だろうと妖怪だろうと、そこは変わらないでしょう。背負ってしまう人間はどうやってもそうなるようにできてるのよ。だからたまが決めるしかないの」

「平次の人生を？」

「そうよ」

つぐみが頷く。

「たまが背負うのよ。妖怪として」

すみれも頷いた。

「妖怪にしてみれば背負っているのはたまさんだからね。体は平次さんでも」

そう言われてたまは考える。妖怪には平次ではなくたまがやっていることに見えるというわけだ。たまが平次を好きかどうかなどというのは妖怪には関係ない。

「すみれやつぐみはどう思ってるの？　妖怪が妖怪を捕まえるって」

「別にいいんじゃない？」

すみれが言う。

「妖怪に規則があっちゃいけないなんて誰が決めたわけでもないし」

「すみれがわたしの立場だったら平次に背負わせる？」

「それは自分で考えてよ。あなたもいっぱしの猫又でしょう？」

平次が好き、というだけでは物事は解決しないのだと思う。妖怪を捕まえても殺すわけではないし反省させればいい、くらいなものだ。もちろん殺し合うことが絶対にないとは言えないが、妖怪にとってはそれも娯楽のうちである。

しかし完全な消滅となると少し気持ちは変わる。

そこまで考えて、たまは考えるのをやめた。

たまの頭ではそれ以上はわからない。

「平次はきっと背負ってくれるからいい」

「じゃあわたしも賛成です」

すみれが言った。

「それでいいの？」

「いいよ。たまさんもお雪さんも双葉さんも好きですから。知らない妖怪が何匹死のうがそっちには興味ないわ。もちろん人間のことなんて知ったことではないし」

そう言ってすみれは言葉を切った。

それからあらためて言う。

「でもうちの客に手を出したら怒ります」

「なにそれ」

「うちの団子屋の常連は妖怪よりも大切ですからね」

「なに人間くさいことを言ってるの」

そう言ってたまは笑った。

これからの江戸は、妖怪らしい妖怪と人間くさい妖怪で対立するのかもしれない、と思った。

そして。

勝負の日が来た。

「おいおい。これはなんだ」

平次が褌《ふんどし》一丁のままぼやく。

「動いては駄目ですよ」

双葉が迫力ある声で言った。

「手元が狂うと平次さんが死ぬことになります」

双葉が平次の背中に書いているのは呪文の一種で、ひだる神が平次にとりつけるようにしたものである。

妖怪なら誰でも人間にとりつけるわけではない。たまや双葉、お雪といった実体のある妖怪には無理だ。

ひだる神や子泣きのような精霊系のみがとりつけるのである。

そのかわりきちんとした形でとりつかないと、あとで人間を殺すことになってしまう。だから双葉は慎重に書いていた。

書いているうちに、子泣きがひだる神をつれてきた。

「来たよ」

子泣きは明るく言う。ひだる神のほうは仏頂面《ぶっちょうづら》である。だが驚いたことに普通の老人の姿をしていた。

「今日は普通に見えるんだな」

平次が声をかける。

「わしとて空気は読むわい」

言いながら、平次の前に立つ。

「こいつにとりつけばいいのだな」

「そうだよ」

平次が答える。

妖怪が人間にちゃんととりつくところをたまは見たことがない。噂で聞いているだけである。だから成功するかもわからなかった。

それでもこの方法しかない。

ひだる神は、するすると平次の中に吸い込まれた。

「これが人間の体か」

ひだる神の声がする。

「よろしくな、相棒」

平次は明るく言ったのだった。

花火の音がした。

歓声がわきおこる。

平次がひだる神に声をかけた。

「いけるか」

「わしは空腹の妖怪ぞ。人間相手に負けるわけがなかろう」

ひだる神が陰鬱《いんうつ》に言う。でも少し心が浮き立っているような感じがする、と平次は思った。

勝負は簡単。米の飯を一番多く食べた人間の勝ちである。おかずはいくら食べてもいいし、水もいくら飲んでもいい。

ただし数えるのは米だけであった。

つまりいかにおかずを少なくして米を食べるかの勝負である。そのためにおかずの味つけはかなり塩辛い。

だが平次としては、米だけ食べる気はない。ひだる神を、平次の味覚を通してより満足させたいからだ。

あたりを見回して出場者をたしかめる。今日は平次を入れて四人である。一人は元力士で、何度も優勝している男だった。

一人は女性で、とても食べるようには見えない。もう一人もひょろりとした男で、すぐ満腹になりそうである。

司会が声をあげた。

「今回も優勝候補がやってきた。元力士鯨山《くじらやま》。彼に勝てる人間は果たしているのか」

鯨山が手をあげた。どうやら観客は彼の勝ちを確信しているらしい。

「元力士だってよ」

平次が声をかけるとひだる神は楽しそうに笑った。

「人間には違いない」

しかし平次の体は普通の人間である。本当に大丈夫なのか、と平次は不安になる。

司会は女性のきみこ、やせ型の清吉《せいきち》と紹介していく。

「そして今回の飛び込みは岡っ引きの平次親分だ。大食いに十手は通用するのか」

司会の声に、観客からは不評の声があがった。

それはそうだろうと平次は思う。なにかの勝負に岡っ引きが出れば、岡っ引きの負けを願うのが江戸っ子というものだ。

そのくらい嫌われ者である。

その分注目もされる。

一刻の間にどのくらい食べるかの勝負であった。

「はじめ」

という声とともに食べ始める。

「まずはあれからだ」

ひだる神が望んだのはイカの塩辛だった。

「早く、早く」

言われるままにイカの塩辛を飯に載せる。温かい飯と塩辛の、なんともいえない香りがする。飯が冷えてしまうとこれは台無しだ。

口の中にかき込んで、喉の奥にぐいぐいと飯を押し込んでいく。喉に感じる飯の感触が気持ちいい。

あっという間に丼一杯たいらげてしまった。

「おかわり」

平次が丼を出す。鯨山よりもわずかに早い。鯨山がじろりと平次を睨んだ。平次は飯を受け取ると、今度は鯖に手を伸ばした。

焼いた鯖に、粗塩をかけたものである。鯖の脂《あぶら》の味と、強烈な塩辛さがある。そしてそれを米が包み込んでじつに美味い。

これは飯を食べるための味付けだから、普段食べたら塩辛くて食べられないに違いない。しかし塩そのものの旨みもすごい。

「これは美味いな。この味は初めてだ」

頭の中でひだる神の声がした。

米の飯を飲み込んで丼を突き出す。

同時に鯨山も丼を突き出した。

「これは罔っ引きがなかなかやるぞ」

司会が叫んだ。

「みな盛り上がっているようだが、なんなのだ」

「俺が飯を食ってるのを喜んでいるのさ」

「飯を食って喜ばれるのか」

「大食い大会だからな」

「そうか」

ひだる神はなんだか神妙な気配を出した。

「それよりも俺はもう限界だぞ」

平次が言った。丼飯二杯はともかく、三杯となるとそろそろ限界だ。

「まかせておけ」

ひだる神が言うと、全身が痺《しび》れるほどの空腹感がやってきた。

「これでどうだ」

「なんかいくらでも食べられそうだ」

平次は勢いよく食べる。大食いのときは、おかずを何種類も食べては駄目だ。一杯に対してひとつというのが具合がいい。

六杯、七杯と食べていく。ひだる神がついているとはいえ、さすがに速度は落ちてくる。他の出場者を見てみる。

女性のきみこは、淡々と同じ速度で食べていた。最初は遅いように見えるが、中盤から強いという感じだ。

清吉のほうがやや苦戦しているように見えた。

鯨山はあいかわらず強い。

平次は調子よく食べていた。観衆のなかには平次を応援する者も出てくる。

「応援されているようだな」

ひだる神が言った。

「おう」

平次が答えると、ひだる神はしんみりとした雰囲気になった。

「わしは、人間だったときの記憶は死んだ時のものしかないが、飯を食うと罵声《ばせい》をあびたことだけは憶えておるよ」

「なんでだ？」

「無駄飯食いと言われてな。そして最後はひもじい中で死んだのだ」

「そいつは大変だったな」

平次は心から思う。空腹で死ぬのは悲しいだろう。

「これからもさ、ちょいちょい俺の体で食うといいよ」

平次が言うと、ひだる神は驚いたような声を出した。

「お前はそれでいいのか？」

「なにがだ？」

「妖怪にとりつかれるということだぞ」

「別にいいんじゃないか」

平次は考えることもなく言った。妖怪にとりつかれても死ぬわけでもないし、飯を食うくらいはたいしたことがない気がした。

「なにか不都合でもあるのか？」

「そうではない。わしのような害をなす妖怪を受け入れるのかって言っているのだ」

「そんな大層なことではないだろうよ」

平次が言うと、ひだる神は苦笑した。

「お前は馬鹿なんだな」

「なんだよ。たしかに頭は悪いけどな」

「とにかくいまは勝とう」

ひだる神に言われて、平次はひたすら食べることにした。

自分でもどこに入っているかわからないほど食べる。

順調そうに見えたきみこと、すでにつらそうだった清吉が脱落した。最後は鯨山との戦いである。

鯨山が、飯に水をかけて流し込みはじめた。するすると腹に入っていく。

「お前の勝ちだな」

ひだる神が言った。

「なんでだ」

「たくさん食べたいなら水飯は駄目だ。あれは腹をふくらませる方法だからな。喉に飯が詰まるようになってやっているのだろうが、あれを始めたらおしまいよ」

さすがに空腹には詳しいなと平次は感心する。

そしてひだる神の言う通り、鯨山は崩れたのであった。

歓声の中でひだる神は嬉しそうに笑い声で言った。

「わしの生涯で一番美味い飯だった。ありがとう」

「おいおい。なんだか末期《まつご》のようなことを言うなよ」

「末期だ。わしは消える。お前に出会えてよかった」

「消えるってなんだよ」

平次があわてたように言った。

「わしは空腹と不幸の妖怪だ。満腹で幸福になったらもう妖怪でいる意味はない。消えることになるよ」

「しかし」

「残念ではないぞ。むしろこの世のしがらみから逃れて消えるのは幸せなのだ。妖怪は人間とは違う。消えて幸せになるということもあるのだ。存在している限り不幸を感じるわしのような妖怪は、こうやって成仏することこそ幸せなのだ」

それからひだる神はあらためて言った。

「ありがとう」

そのとたん、平次の背中が軽くなった。ひだる神がいなくなってしまったことはそれでわかった。

「優勝は平次親分」

司会の声が響く。

勝利を分け合うひだる神はもういない。それでも幸せになったのなら平次も少しは役立ったと思っていいのだろう、か。

こうして、ひだる神との勝負は終了したのだった。


「おかわり」

平次が言った。

ひだる神の一件以来平次は前にも増して食べる。

それも飯をである。ひだる神が乗り移ったとは言わないが影響はあるだろう。

「よく食べるね」

「飯が美味い」

言ってから平次は考え込むような表情になった。

「あいつは飯を美味いと思ったことはあまりなかったんだってさ。だから食べても幸せじゃなかった。みんなと食べる飯の美味さも知らなかったんだ」

それからしみじみと言う。

「本当は一緒に食いたかったけど消えちまったからな。でも体の端っこにひだる神がいるのを感じる」

おそらくその通りで、ひだる神は平次の一部になったのだろう。

幸せになったひだる神は妖怪でいる意味がなくなって消えた。そして誰かに憶えていてほしい心が平次に残った。

幸せな形ではある。

「たくさん食べていいよ」

いつの間にかやってきた双葉が言う。

「ひだる神が消えて、妖怪としては残念なのか?」

「全然」

たまは答えた。

ひだる神に思い入れはないし残念でもない。こんな平次と生きて行くのは本当に幸せなことかもしれないと思っただけだ。

双葉も同じことを思ったらしい。

ひだる神のように不幸な妖怪は少ないが、幸せな妖怪も少ない。幸せは人間の感情である。

幸せを考えてしまうたまたちはやはり、人間くさいと言える。

「たまは平次と知り合えて幸せ」

「いきなりなんだよ」

「そういうときは、俺も幸せって言うものでしょ」

平次は唇をゆがめてなにか言いかけ、大きく息をついた。

「俺も幸せだ」

少し照れてはいるがいやいやではない。たまには匂いでわかる。

たまはなんだか嬉しくなって平次にぎゅっと抱きついた。

「これにて一件落着」

そう言ってたまはあらためて笑顔になった。

第三話　菊一郎の恋

　十二月に入ると、人間は一年でもっとも忙しい時期となる。十三日のすす払いから羽子板市《はごいた》にかけてバタバタする。

　その上で正月に向けた準備があるのだ。奉行所は二十五日になると正月が明けるまで完全に休みである。

　奉行所を使っての忘年会が正月明けの二日まで行われる。この間は同心は飲んだくれてしまってまったく使い物にならない。

　だから街の治安は岡っ引きに任されることになる。

　そして妖怪にとっても十二月というのはなかなか忙しいのである。

　家の中にこっそりと隠れている妖怪にはすす払いは天敵だ。だから十三日は家の中の妖怪も外に出てくる。

　その時に妖怪なりの忘年会をやるのである。

だから十二月十二日の夜から十四日の朝までが、妖怪にとっての忘年会であった。たまも例外ではなく参加してきた。しかし今年は平次がいるから事情が多少違っている。平次を置いて参加するのか、一緒に行くかなのだが……。

妖怪によっては平次を受け入れられないだろう。

しかし平次が顔を売れば後々役立つかもしれない。

忘年会をどうするかが悩みの種であった。

そのうえ、十二月は犯罪も多い。妖怪がからんでいるなら出て行かないわけにもいかない。

そして妖怪を捕まえれば恨まれる場合もある。

たしかに岡っ引きは平次だが、妖怪の中で顔なのはたまである。猫又が他の妖怪に喧嘩《けんか》を売っている、というのが妖怪としての見方だろう。

忘年会でたまにやりかえそう、という連中もいるに違いない。

ただしそれを乗り越えれば、たまと平次が妖怪の中で岡っ引きとしての立場を占めることに文句を言う連中もいなくなるだろう。

「どうしたものかな、忘年会」

たまはお雪に声をかけた。

「だるい」

お雪は面倒くさそうに言った。

同じ雪女以外とは群れるつもりのないお雪にとっては、忘年会など意味はない。そもそもお雪は雪女とだって忘年会をやったりはしないのである。

結局群れるのが好きな妖怪にとっては息抜きであるが、嫌いな連中にとっては鬱陶《うっとう》しい催しでしかない。

いっそのこと仲の良い連中だけで集まって騒ぐのがいいのかもしれない。しかしそれこそ人間くさいというやつだ。

考えていると、平次が外から戻ってきた。

「まだ昼にもなっていないよ」

たまが声をかける。

「俺は人間相手じゃないからな。昼間はあまりやることがないんだ」

平次はそう言うと布団の上に寝転がった。

たしかに岡っ引きは聞き込みが仕事の中心だから、昼間にはやることがないといってもいいだろう。

なので最近の平次は昼間に眠っている。

一応奉行所への報告もあるから、ぎりぎり人間らしい生活をしているというところだ。

「一応平次と忘年会に出ようと思う」

「そうかい」

お雪はにべもない。

「お雪は出ないの？」

たまは誘ってみた。行くのならみんなで行きたい。

「行ってもいいけどさ。忘年会の場所で捕り物なんてのはごめんだよ。もしあったとしても見てるだけだからね」

つんつんと言ってはいるが、お雪は大分いろいろな妖怪になじんできている。どうしたものかと思っていると。

「おうおう。てえへんだ」

菊一郎が駆け込んできた。

「なに」

たまが冷たく応じる。

「なんだか冷たいな、たま」

「そんなことないよ」

言いながらもたまは冷たい。飲んだくれの印象がついているからだ。

「それでなに。お金でも落としたの？」

「好きな女ができた」

腹を立てたような声で言う。

「馬鹿なんじゃないの」

お雪がくすりと笑った。

「おうおう。俺が女を好きになったら悪いのかよ」

菊一郎が口をとがらせた。

「人間？」

たまが訊く。

「おう」

「ご愁傷《しゅうしょう》さま」

たまが菊一郎の右肩に手を置いた。

「失敗するって決めるなよ」

「妖怪が人間の女を嫁にできるわけないでしょ。妖怪なんだから」

一体どんな勘違いをしたら人間に恋ができる……。

「お前だって平次といい仲じゃねえか」

そうだった、とたまは思う。たまが菊一郎を低く見過ぎていたのだろうか。腕のいい大工だし、顔も悪くない。気風《きっぷ》もはた目からはいい。大工は高給だから、女受けはいいかもしれない。

「どんな女なんだい」

お雪が身を乗り出してきた。少し興味が出たらしい。

「秋葉ケ原の団子屋で働いてる娘だ」

「すみれの店？」

「違う」

「どんな店だい」

「神楽茶屋って店だ」

「ああ、あれ」

お雪が興味をなくしたような表情になって布団に戻った。

「おいおい。なんだよ、それは」

菊一郎が不満げな声を出した。

「うん。夢は見ないほうがいいよ」

たまも言う。

秋葉ケ原の神楽茶屋というのはわりと有名な店である。秋葉ケ原は女子の興行が盛んだが、その中に「神楽舞」がある。

美少女たちの神楽舞を見せて投げ銭を貰うのだ。そしてそのために神楽舞の出演者は「神楽茶屋」という店で働いていた。

水茶屋《みずぢやや》ではない。夜の相手はしないのである。そして「決して夜の相手をしない」というのが評判になって人気であった。

「揺れても落ちない」というのは何時でも人気なのである。俺ならばあるいは、と思う男たちが群がっていた。

「正直言って男から金を巻き上げて生きている女に、妖怪が想いを寄せたってまったくどうにもならないと思うよ」

「だが諦めきれない」

「頑張るのは勝手だけどね。早く申し込んで早く振られるのがいいよ」

「やっぱりお前、少し冷たすぎるんじゃないのか」

「じゃあ平次にも訊いてみなよ」

たまは平次を起こした。

「なんだ？」

平次が起きてくる。

「菊一郎が神楽茶屋の娘を好きになったんだって」

たまが言うと、平次は腕を組んだ。

「そいつは大変だな」

だが否定はしなかった。

「無理だって思わないの？」

「それはわからないからな。そもそもさ、ああいうことをやって稼いでるから男がいないってことは十分に考えられるだろう」

「そういうもの？」

「そうだよ。男でも女でも、片側だけで群れると楽だからな。男なんて特にそうだ。男だけで集団を作るともう女はいらねえんだよ」

平次の言葉は妙に説得力がある。

だとするともしかしたら菊一郎にも勝ちの目があるのかもしれない。

「なんて娘が好きなの」

たまが言うと、菊一郎は照れたような表情になった。

「あやめちゃんだ」

どうして菊一郎が照れるのかはわからない。下手をすると相手のほうは菊一郎のことを憶えてもいないだろう。

同じ長屋のよしみで少し心配になる。

他人の恋だからよけいなおせっかいとは思いつつ、たまは首を突っ込むことにしたのであった。

早速、すみれに会いに行く。

「ああ、あやめちゃんね。いい娘ですよ」

すみれは大きく首を縦に振った。

「でも男と付き合ったりはしないわ。男嫌いだから」

「そうなの？」

「あやめちゃんのお母さんが何度も男に騙されて苦労しましたからね。あやめちゃんも吉原に売られるところを仲間の助けでなんとかやってるのよ。男にはなびかないでしょう」

それはどうしようもないとたまは思った。

妖怪がどうこうではなくてまるで目がないだろう。

「じゃあ早く目を覚まさせないと」

たまが言うと、すみれは首を横に振った。

「やめたほうがいいわ。ほうっておきましょう」

「なぜ？」

「恨まれるからよ。可能性がないなんて考えるわけがないでしょう。頭に血の上ってる男なんだから」

すみれも男では苦労しているのかもしれないと思う。もっとも妖怪だから無理やり襲われるようなことはないだろうが。

「しばらくすれば他の女に気が移るから大丈夫です」

たしかにそう長い間一人に入れ込むことはないような気がした。

「まったくどうしようもない奴ね」

いつの間に来たのか、双葉が顔を出した。

「双葉も心配なの？」

「あいつが借金でもこしらえたら迷惑だからね」

「実は双葉、菊一郎に気があるとか？」

たまは冗談を言ってからしまった、と思った。

双葉が冷え切った目でたまを見る。

「ごめん。なんでも食べて」

言ってからもう一度しまった、と思う。

「団子。十五皿」

「ありがとうございます」

すみれが嬉しそうに言った。

双葉は食欲の妖怪である。「なんでも」はまずいとしか言いようがない。

「まあ、菊一郎はどうでもいいんだけどね。女だけで組んで男に貢がせてる連中がいると困るでしょ。ばれないように、平次さんに見張らせないと」

「そうだね」

秋葉ケ原は女性の興行が許されている土地である。といっても「見逃されている」のであって合法ではない。

どこかの岡っ引きがその気になればいつでも潰せるのだ。そういったタチの悪い岡っ引きが来ないように用心棒は必要だった。

「この店はどうしてるの？ 用心棒は」

すみれがあっさりと言った。

「狐ですから」

「いないわ」

すみれは妖力でうまくやっているのだろう。

「でもそれも限界があるの。聞けば平次さんは奉行と仲がいいのでしょう。これを機会に秋葉ケ原の地付きになってほしいのです」

地付き。つまり秋葉ケ原を中心にする岡っ引きである。秋葉ケ原の妖怪の守り神になれということだろう。

たしかに平次なら奉行に事情を話せば不可能ではない。

ただし簡単なことではない。秋葉ケ原には岡っ引きが多いからだ。両国もそうだが、火除け地は日銭の入る商売が多い。

そのうえ儲かるから、金目当ての岡っ引きも多い。店の側も何人もの岡っ引きに相談することでなんとか均衡を保っていた。

しかし「女興行」は儲かりすぎるうえに、幕府としては「公序良俗に反する」として取り締まりたいのが本音だ。

この地にいる妖怪たちにとっては死活問題なのである。

「なんとなく平次に愛想がいいと思ったら、そういう狙いなのね」

「はい。それにそちらにとっても利益はあるでしょう。秋葉ケ原界隈の妖怪は平次さんの味方になるわ」

「いいけど。他の妖怪を捕まえるのはいいの？」

たまが言うと、すみれはころころと笑った。それは楽しそうな笑いで、なんだか遊んでいるような感じである。

「人間に溶け込みたい妖怪にとって、犯罪を犯す妖怪は敵だから大丈夫。お金を払ってくれる人間のお客のほうがずっと大切なのよ」

すみれにとっては客かそうでないかが大切なようだった。

そもそも妖怪は「妖怪」を大切に思っているわけではない。それぞれに「大切な妖怪」はいるかもしれないが、種族を重んじているのではないのだ。

「平次に聞いてみるけど。多分いいよ」

これで妖怪が味方についてくれるなら、それに越したことはない。

「あ。ついでに神楽茶屋って寄ってもいい？」

「かまいませんよ。案内します」

すみれは快く引き受けてくれた。

「商売仇だったらごめん」

「全然違うわ」

すみれが笑顔になる。

「むしろ共生してますよ」

すみれの経営する巫女団子から神楽茶屋までは歩いてすぐである。

秋葉ケ原は両国とは違う。両国は屋台といってもほぼ固定で、店の位置も決まっており完全に町となっている。

しかし秋葉ケ原のほうはもう少し火除け地としての性質が強いので、店の位置が入れ替わったりしていた。

だから屋台というよりも「囲い」のほうが近い。

そのかわり本格的な料理はしにくいので、団子屋などが流行るのである。蕎麦《そば》や寿司が多い両国とはそこも違う。

共生という意味は店に入ってすぐにわかった。神楽茶屋が出していた団子は「巫女団子」のものだったのである。

「こんにちは」

すみれが挨拶すると、向こうから人がやってきた。歩いている人間が振り返るほどの美人というのはいるものだ。たまが感心するほど美しい。

妖怪だというほうが信じられる。

「すみれさん、どうなさいましたか」

「ああ、梅《うめ》ちゃん。あやめちゃんに会いたいんだって、この子が。たまさんって言うんだけどね」

「そうなんですね」

梅と呼ばれた女性はたまを見つめた。

「猫又ですか？　本物？」

「本物よ」

たまが答えると、梅はたまの耳をさわさわと触ってきた。

「やはり本物は違いますね」

それから梅はあやめを呼びにいった。

「あの人、妖怪に慣れているの？」

「そうよ」

「さすが秋葉ケ原だね」

火除け地で商売する人間はたいていたくましい。いつ「引っ越せ」と言われるかわからない土地ではそうなるしかないのだ。

「つれてきました」

梅につれられたあやめは、いかにもふわふわした感じの、浮世ばなれした雰囲気の女子であった。

「なにかありましたでしょうか？」

口調までふわふわとしている。

「菊一郎って知ってる？」

「大工の菊一郎さんですか？」

「ええ」

「すごくひいきにしていただいてます」

あやめは笑顔になった。

どうやら憶えられていないということはないようだ。

「なんだか本気になってるみたいだから心配になったの」

たまが言うと、あやめはふふ、と笑った。

「みなさんを本気にさせるのが仕事ですから」

とても妖怪などが及ぶことのない笑顔である。

菊一郎などどうにもならないだろう。

「そうだよね。ごめん」

たまが引き上げようとすると、あやめはたまの袖を引いた。

「失礼ですが妖怪でいらっしゃいますよね」

「うん」

「では菊一郎さんも妖怪ですか？」

「そうだけど」

「それは素敵ですね」

あやめの目が輝く。

「なぜ？」

「だって人間じゃないんですもの」

それでわかった。あやめは人間の男が嫌いである。妖怪であるなら人間の男よりは随分とマシではないかという期待があるのかもしれない。

人間でないところがいいと言われれば、ありえる話だ。

「妖怪の方なら一度きちんとお話をしてみたいと思います」

人間の好みというのはわからない。

たまは感心した。まったく話にもならないと思っていた菊一郎にまさか勝ちの目があるとは予想もしなかった。

「では一回場所を設けてもいいかな」

「はい。お願いします」

あやめは頭を下げた。

「神楽茶屋的には大丈夫なの？」

たまが訊くと、梅は頷いた。

「それは大丈夫。よくあることだからね」

「どういうこと？」

「うちは、お客さんが使ったお金に応じて一緒にお茶を飲んだり食事をしたりするから。ただしお酒は飲まない」

それからくすりと笑う。

「場所も巫女団子と決まってるんですよ」

なるほど、とたまは感心した。

すみれの店でならおかしなことはできない。女子にとっては安全だ。男も巫女だらけの団子屋では怪しい雰囲気にはならないだろう。

「それに梅ちゃんから廻ってくるのはいい客なのよ」

すみれが嬉しそうに言う。

「そうなの？」

「うちは基本団子の店だから当然団子を食べるんですけどね。約束をしておけばもう少し高いお弁当も準備できるの。そして神楽茶屋から女子をつれ出す男は、見栄を張って高い弁当を頼むんですよ」

たしかにそれはそうだ。菊一郎も見栄を張って高いのを頼みそうである。

「お金を使うってどうやってわかるの？」

「帳簿をつけていますから。そういう男は繰り返し来ますからね。帳簿につけた金額でわかりますよ」

「でも団子じゃそう多くは使えないでしょ」

「手ぬぐいなんかもたくさん買ってもらうんですよ」

梅が胸を張った。

「ああ、定番だね」

江戸において手ぬぐいは絶対的な商売である。歌舞伎役者でも売れると自分の店を持って手ぬぐいを売る。

役者の場合は舞台で着たのと同じ柄の手ぬぐいがよく売れる。半四郎《はんしろう》鹿の子《か こ》のように役者の名前を冠して定着した柄もある。

「じゃあ梅柄とかあやめ柄とかもあるんだね」

「ええ。あと羽子板ね」

羽子板か。それはなかなかやる、とたまは思った。もうすぐ「羽子板市」がある。江戸最大の祭りで、目玉はもちろん羽子板だ。羽子板といっても子供が遊ぶものではない。役者や水茶屋の女性の絵姿を入れたものを売るのである。

もちろんそれは店が勝手に売るものだから、使われた役者にお金は入らない。それでも人気の証として出ないと困るのである。

梅の店などは自分で作って店に出すのだろう。

「羽子板市にも出るの？」

「もちろん」

「あれ。でも出られるの？」

そこは疑問である。羽子板市は江戸最大だけに、店を出すのも一苦労だ。女子の神楽舞の店です、ではとても場所は取れない。

「そこは蛇の道は蛇というやつです」

すみれが澄まして言った。

どうやらすみれはしっかりと祭りに食い込んでいるらしかった。

こういった面々を相手にして菊一郎がどうやってあやめを射止めるのか見当もつかない。

「いずれにしても菊一郎に話すわ」

「はい」

たまはなんだか釈然としない気持ちになりつつ長屋に帰ったのであった。

そして夜。

「本当にありがとう」

菊一郎が土下座をした。

部屋の中にはたまとお雪、双葉がいる。二人は菊一郎の反応にげんなりしたという顔をしている。

「気にしないでいいから」

「それにしてもあやめちゃんが俺のこと好きだとは思わなかった」

菊一郎の目が輝いた。

「いや。別に好きとは言ってないから」

「だって、好きだから会いたいんだろう」

「食事するからって付き合いたいわけじゃないの」

「食事のあとは祝言《しゅうげん》だろう？」

菊一郎は真顔である。

どうやったらこんな妖怪ができあがるのだろう、とたまは不思議に思う。

「ほっときな。どうせ一日で振られるよ」

お雪は会話がいやになったという顔をした。

「まったくね。どんな頭をしてるのかしら」

双葉もあきれた声を出す。

だが菊一郎には聞こえないようだ。

「とりあえず白木の弁当箱を買ってくる」

菊一郎が嬉しそうに言った。

「なぜ？」

「俺の気持ちだ」

「それはやめなよ」

双葉がたまりかねたように菊一郎の前に座った。

「いい、菊一郎さん。女の子に絶対やってはいけないこと。それは白木の弁当箱を差し出すことよ」

白木の弁当箱。これは大工の女房には最悪な代物で、大工にとっては憧れの小道具である。

塗りの弁当箱と違って白木の弁当箱は汚れやすい。しかも汚れが落ちにくい。女房は弁当箱のために時間を削らないといけない。

自分のために弁当箱にも時間をさいてくれる女房というのがいいらしい。しかし女からすればそれは最低だ。

喜ぶ女などいるはずもない。

「俺に尽くすのが喜び」という勘違い野郎の幻想だ。

だから、もてたければ白木の弁当箱はよせ、というのが女性の常識だった。とはいえそんな男は伝説の部類で、実際にはいないだろうとたまなどは思っていたのである。しかしここにいた。

「女にとって白木の弁当箱は重荷なの。自分だって普段は塗りの弁当箱を使ってるでしょ。それはなんで」

「白木だと手間がかかるじゃねえか」

「それなのになんで女にはそれを渡すの？」

「尽くす喜びを味わってもらおうと思ってさ」

「馬鹿じゃないの？」

双葉が怒りをこらえつつ言う。

「お前さ、それがわからないから旦那ができないんじゃないのか？　あ、もしかして俺のことを好きだったとか？」

菊一郎が能天気に言った。

その瞬間、お雪が笑い出した。

「すごいね。雪女のわたしでもこらえられないくらい面白い冗談だ。双葉が菊一郎を好きになるなんて」

お雪の笑い声に菊一郎は心外といった顔になった。

「そもそもさ、お前たちは俺のよさがわかってない」

菊一郎が反論する。

「よさってどこにあるの？」

双葉が真顔で問い詰めた。

「それはたしかにいいわね」

「稼ぎもいい。俺ってさ、いま手間賃が六匁《もんめ》に上がったんだ」

「それから」

「顔はいいほうだろ」

たまが思わず声を出した。

大工の手間賃は人による。ただ大工は稼げる職業だ。新人でも一日三匁。つまり約三百文を稼ぐことができる。

菊一郎は六百文ということだ。一人暮らしなら一ヵ月で二分、つまり二千文あれば暮らせる。親子三人でも倍あればいい。

つまり菊一郎は七日あれば親子三人がひと月暮らせるだけの稼ぎがあるのだ。

たしかに条件はいい。

「つまり俺はいい男なんだよ」

「じゃあなんでいままでも女房がいないの」

「妖怪という引け目があったんだ。しかしこれからは違う。妖怪でもいい男は恋されるんだとわかった」

菊一郎はなにかに浸っているようだ。

「誰もあんたに恋してないから」

「あやめちゃんがしてるだろ」

もう駄目だ。

たまは思った。

あとはあやめにいかに迷惑をかけないかである。

「お、いけねえ。じゃあ今日はさっさと寝るわ。明日は忙しいぞ」

菊一郎は、たまたちに帰れという仕草をした。

部屋に戻ると。

たまは憤懣《ふんまん》やるかたない気持ちになった。

「なにあれ」

部屋に戻るなりたまは口を開いた。

「正直盗賊より嫌い」

菊一郎に腹が立つ。

「まあ、仕方ないよ」

お雪は冷静である。

「よく平気ね。二人とも」

「だって考えてもしょうがないでしょ」

双葉が言った。

「いるのよね、ああいう男。わたしもさ、縫い物するじゃない。そしたら、俺のために縫物ありがとう、結婚しようって男がいるのよ。仕事でやってるのに」

「それはいやね」

江戸の男の恋愛事情が妖怪にまで影響するのは深刻だ。

長屋の男は基本的に恋愛に飢えているうえに経験が少ない。女の側も、金になるなら体を金に換えようという人間は多い。

だから長屋の男は、誰かの女房か商売の女しか知らない。好きだった幼なじみを吉原に買いに行くのも当たり前だ。

だから妖怪の菊一郎がおかしくなるのもわかる。

同情はできないが。

「あいつって本当に弁当箱買うと思う？」

「思う」

双葉が言った。

「全然言葉届いてないから」

男尊女卑でも別にいいが、女は別に男に従うための生き物ではない。ましてや妖怪に男女の上下などない。

妖怪のくせに男尊女卑などわけがわからない。

「そういやなんであいつ、妖怪なのに男が上とか言ってるのかな」

「だから妖怪じゃなくて大工なんだって。あんなこと言ってるけどさ。朝飯作って笑顔でいってらっしゃいって言ったら、翌日わたしに白木の弁当箱渡すよ。あいつ」

たしかにそうだ。

妖怪と人間よりも、長屋の男と女のほうが厄介な気がした。

「なんか場所をこしらえるのが面倒になってきた」

「でもこれであいつが成長するならいいだろう。しないと思うけど」

お雪に言われてやれやれと思う。

それでもこれで菊一郎にいい女房ができたら安心だ。人間の好みというのはわからない。うまくいかないとは誰にも言えないだろう。

そして。

たまはなんとか場所をしつらえたのだった。

二日後。

「巫女団子」の一画を仕切って、菊一郎とあやめが座っていた。

店の中は満席である。

　菊一郎とあやめを観たい客で一杯であった。

「すごいね。人がたくさん」

たまは団子を運んできたすみれに言った。

「神楽茶屋の女の子が逢引《あいびき》するときはいつもこうです」

「いいお客なんだね。男ばっかりだけど」

たまが言うと、すみれは声をあげて笑った。

「男は団子が好きなものよ。女が思うよりずっとね」

「そうなのね」

たまはそう言うと、菊一郎の様子を見つめた。すみれが一日引っ込んで、戻ってくる。

「はい、これをどうぞ。団子が先になって悪いけど、お弁当。お代はあの男の人持ちだから安心して」

すみれが持ってきてくれた弁当はなかなか豪華だった。鯖の塩焼き、鯛の塩焼き、それに胡麻《ごま》豆腐、蕪の葉のおひたし、蕪の炊き込みご飯、梅干し、栗きんとんである。

かなり豪華だ。

「いい弁当ね」

「これが最も出ます。一番高いから」

「男の見栄って大変ね」

「可愛いと思うわ」

そして菊一郎は丁寧に布にくるまれた四角いものを渡していた。

「あれが弁当箱じゃないといいけど」

双葉が言う。

「そうだね」

たまは答えたが、やはり弁当箱だったようだ。

あやめは弁当も食べずに飛び出していき、そして巫女団子の店内は歓声に包まれたのだった。

「なんでみんな喜んでるの？」

「何回かに一回は、勘違いしてこっぴどく振られる男が出るんです。よけいなことをしなければ楽しく食事できるんですけどね」

すみれが苦笑した。

そして菊一郎はとんだ勘違い野郎だったというわけだ。

「まあ、当然ね」

双葉は冷たく言ったのだった。


こうして菊一郎は失恋した。

妖怪も人間も関係ない、駄目男という種族だったわけである。

菊一郎が失恋して三日後。

忘年会があった。

場所は秋葉ケ原である。

たまは会場に足を運んだ。お雪と双葉、それに平次がいる。菊一郎は来なかった。

人間の参加は平次一人であった。後は全員が妖怪である。全部で六十人ほどだろうか。かなりの人数であった。

「妖怪って思ったよりもたくさんいるんだな」

平次が感心したように言う。

「忘年会に来てもいいっていう妖怪だけだから、あくまで一部だけどね」

言いながら、たしかにけっこう多いと思った。

「おやおや、人間が参加とは珍しい」

言いながら野寺坊が近寄ってきた。

「野寺さんも参加か」

平次が言うと野寺坊は平次に顔を近づけた。

「少しひだる神の匂いがするな」

「そうか？」

「うむ。お前の中になにかしるしを残したに違いない」

「そういや昔より腹が減るよ」

「それだな」

野寺坊は笑いだした。

すみれもやってきた。子泣きもいる。

「けっこうなじんでるね。妖怪くさいわ」

すみれが平次に言う。

「まったくだね。妖怪の匂いのする人間ははじめてだ」

子泣きも言った。

どうやら平次はうまく受け入れられているらしい。

「岡っ引きの立場だけどいいのかな」

平次が言う。

「地付きにはなってくれるのでしょうか」

すみれが少々心配そうに言う。

「それは平気だ。もう話はつけた」

平次は言う。すみれは笑顔を返した。

「そのかわり平次さんの捕り物には妖怪が協力します。妖怪の捕り物も人間の捕り物も」

「お、ありがたい」

平次も頭を下げる。

今年の忘年会はあきらかにすみれが中心だった。だから平次ももちろん注目されている。

決していやな形の注目ではないが、これは敵も作る。味方が多くなるのは敵も多くなるということだから。

だとすると江戸の妖怪事情は、平次を中心に回っていくことになる。ということはたまも中心になるのだろうか。

「すみれ、訊いていい？」

「なに？」

「平次が目立つってことはわたしも目立つの？」

「思いきり」

すみれがからかうように言った。

「いや？」

「いやじゃないけどね」

でも、考えていなかったことには間違いない。

「おや。猫又じゃないか」

柳が静かに歩いてきた。

「あ。柳姐さん」

「忘年会も楽しいものだね」

まったく楽しそうではない顔で柳が言う。植物だけに表情はあまりないらしい。

「先日はお世話になりました」

「あいつさ。屋敷からまったく出てこないんだ。死んだんじゃないかな」

そう言うと、来たときと同じように静かに去っていく。

「妖怪はもっと他の妖怪に興味がないと思っていたよ」

たまが言うと、すみれはにやりとした。

「まったくその通り。興味がないのよ」

それからすみれがあらためて言った。

「妖怪には興味ないんだけどさ。楽しいことは大好きね。妖怪が妖怪を捕まえるなんて最高じゃない」

なるほど、とたまは思う。

妖怪たちは「遊び」として捉えたらしい。

妖怪同士の盛大な追いかけっこである。

それもまたよい関係らしい。

たまはそんなことを思って平次のほうを見たのであった。

「ところで、平次さんはたまさんと書類上も結婚しているの？」

すみれが声をかけてきた。

「いや、それはないよ。たまは人別帳《にんべつちょう》に載ってないからな」

平次が答える。たまは妖怪だから当然載っていない。だから書類上での結婚をすることはない。

あくまで内縁である。

「つまり。妻というのはたまさんの自称ということですね」

すみれがにっこりと笑う。

たまはすっと前に出て、すみれと平次の間に割って入った。

「なにが言いたいの？」

「わたしが妻になってもなんの問題もないということよ。秋葉ケ原が平次さんのお世話になるわけですから」

すみれがたまをまっすぐ見つめた。

なるほどとたまは思う。

秋葉ケ原を守る、と口先でいくら言っても信頼はできない。自分の男にしてしまったほうが早いということだろう。

「そんなのは愛じゃないでしょ」

「たまさんのは愛なの？　平次さんの精気を吸ってるだけでしょう？　わたしの見たところそういう関係にはなっていないと思うわ」

そう言われると苦しい。たまとしては実際に「そういう関係」になるのは恥ずかしいうえに怖い。

夫婦ごっこと言われてもいまの関係がいいのである。

「わたしと平次はそれでいいのよ」

「でも平次さんは夫婦の本当の喜びは知らないんですよね。わたしなら教えてあげられるのよ、たまさんと違って」

すみれは平次に視線を向けた。

「平次さん。わたしは狐です。恋ということにかけては猫又よりもずっと上だわ。自分のことを考えるならわたしにのりかえたほうが得です」

すみれに言われて、平次は少し困ったような顔になった。

これはよくない、とたまは思う。いまはさすがに平次もなびかないだろうが、今後ことあるごとにすみれと接することになる。

いつすみれに浮気するかわからないということだ。恋愛に関しては猫より狐のほうが上なのは本当である。

「平次は渡さない」

たまはきっぱり言った。

「自分ではなにも与えないのに縛りつけるなんて。「やらずぶったくり」がいつまでもつんですかね？」

すみれが自信たっぷりに続けた。

「そんなのは本当の夫婦になってから言ったらどうですか」

そう言われてたまは黙った。

たしかに自分は平次とはそういう意味での夫婦ではない。ここは宣言しておいたほうがいいのかもしれない。

「なる。ちゃんと夜も夫婦になる」

「へえ。できるんですか。たまさんに」

すみれにからかわれて、たまは少しかちんと来た。

「できるよ。すぐできる」

「じゃあできなかったらわたしも手を上げるわよ」

「勝手にすれば」

言いながらも、それとは別に少し思う。

すみれは平次を受け入れた、ということだ。

平次が妖怪の事件を解決するうえではすごく大きいことである。まあ、狐には独占欲はあまりないから、平次に妻が何十人いても気にはならないのだろう。

「おいおい。そういう争いはよせ」

平次が割って入ってくる。

その背中に「子泣き」がしがみついていた。

「この人の背中気持ちがいい」

子泣きが言う。

平次の体から漏れてくる精気が美味しいらしい。

「この人はみんなの岡っ引きでいいじゃん」

子泣きが楽しそうに言った。

これはもう駄目だ、とたまは思う。平次はすっかり共有になってしまいそうだ。それがいやなわけでもないが、貫禄は見せておこう。

そう決意する。

その晩。

平次はたまの妖力で眠りこけていた。

たまはやはり怖くて眠らせてしまったのである。

すみれのことは後で考えようと思いつつ、たまは平次の横で安心して眠りについた。

猫又は。

先のことを考えるのが苦手だった。

○主な参考文献

『妖怪談義』　柳田国男　グーテンベルク21

『江戸・町づくし稿（上・中・下）』　岸井良衞　青蛙房

『江戸風物詩』　川崎房五郎　光風社出版

『近世風俗志（守貞謾稿）1〜5』　喜田川守貞　岩波書店

本書は文庫書下ろし作品です。

|著者| 神楽坂 淳　1966年広島県生まれ。作家であり漫画原作者。多くの文献に当たって時代考証を重ね、豊富な情報を盛り込んだ作風を持ち味にしている。小説に『大正野球娘。』『三国志』『うちの旦那が甘ちゃんで』『金四郎の妻ですが』『捕り物に姉が口を出してきます』『うちの宿六が十手持ちですみません』『帰蝶さまがヤバい』『ありんす国の料理人』『恋文屋さんのごほうび酒』『七代目銭形平次の嫁なんです』『醤油と洋食』などがある。

妖怪犯科帳《ようかいはんかちょう》　あやかし長屋《ながや》2

神楽坂《かぐらざか》 淳《あつし》

講談社文庫

定価はカバーに
表示してあります

2022年10月14日第1刷発行

発行者――鈴木章一
発行所――株式会社　講談社
東京都文京区音羽2-12-21　〒112-8001
電話　出版（03）5395-3510
　　　販売（03）5395-5817
　　　業務（03）5395-3615

KODANSHA

Printed in Japan

デザイン―菊地信義
本文データ制作―講談社デジタル製作
印刷―――株式会社KPSプロダクツ
製本―――株式会社国宝社

ISBN978-4-06-529295-2

講談社文庫刊行の辞

二十一世紀の到来を目睫に望みながら、われわれはいま、人類史上かつて例を見ない巨大な転換期をむかえようとしている。

世界も、日本も、激動の予兆に対する期待とおののきを内に蔵して、未知の時代に歩み入ろうとしている。このときにあたり、創業の人野間清治の「ナショナル・エデュケイター」への志を現代に甦らせようと意図して、われわれはここに古今の文芸作品はいうまでもなく、ひろく人文・社会・自然の諸科学から東西の名著を網羅する、新しい綜合文庫の発刊を決意した。

激動の転換期はまた断絶の時代である。われわれは戦後二十五年間の出版文化のありかたへの深い反省をこめて、この断絶の時代にあえて人間的な持続を求めようとする。いたずらに浮薄な商業主義のあだ花を追い求めることなく、長期にわたって良書に生命をあたえようとつとめるところにしか、今後の出版文化の真の繁栄はあり得ないと信じるからである。

同時にわれわれはこの綜合文庫の刊行を通じて、人文・社会・自然の諸科学が、結局人間の学にほかならないことを立証しようと願っている。かつて知識とは、「汝自身を知る」ことにつきていた。現代社会の瑣末な情報の氾濫のなかから、力強い知識の源泉を掘り起し、技術文明のただなかに、生きた人間の姿を復活させること。それこそわれわれの切なる希求である。

われわれは権威に盲従せず、俗流に媚びることなく、渾然一体となって日本の「草の根」をかたちづくる若く新しい世代の人々に、心をこめてこの新しい綜合文庫をおくり届けたい。それは知識の泉であるとともに感受性のふるさとであり、もっとも有機的に組織され、社会に開かれた万人のための大学をめざしている。大方の支援と協力を衷心より切望してやまない。

一九七一年七月

野間省一

古井由吉

楽天記

解説=町田　康　年譜=著者、編集部

ふA15
978-4-06-529756-8

夢と現実、生と死の間に浮遊する静謐で穏やかなうたかたの日々。「天ヲ楽シミテ、命ヲ知ル、故ニ憂ヘズ」虚無の果て、ただ暮らしていくなか到達した楽天の境地。

古井由吉／佐伯一麦

往復書簡

『遠くからの声』『言葉の兆し』

解説=富岡幸一郎

ふA14
978-4-06-526358-7

二十世紀末、時代の相について語り合った二人の作家が、東日本大震災後にふたたび歴史、自然、記憶をめぐって言葉を交わす。魔術的とさえいえる書簡のやりとり。

講談社文庫　目録

川瀬七緒　紅のアンデッド〈法医昆虫学捜査官〉
川瀬七緒　スワロウテイルの消失点〈法医昆虫学捜査官〉
川瀬七緒　フォークロアの鍵
風野真知雄　隠密　味見方同心(一)〈くじらの姿焼き騒動〉
風野真知雄　隠密　味見方同心(二)〈干し卵不思議味〉
風野真知雄　隠密　味見方同心(三)〈幸せの小福餅〉
風野真知雄　隠密　味見方同心(四)〈恐怖の流しそうめん〉
風野真知雄　隠密　味見方同心(五)〈フグの毒鍋〉
風野真知雄　隠密　味見方同心(六)〈鵺《ぬえ》の闇鍋〉
風野真知雄　隠密　味見方同心(七)〈絵巻寿司〉
風野真知雄　隠密　味見方同心(八)〈ふふふの麩〉
風野真知雄　隠密　味見方同心(九)〈殿さま漬け〉
風野真知雄　潜入　味見方同心(一)〈恋のぬるぬる膳〉
風野真知雄　潜入　味見方同心(二)〈陰膳だらけの宴〉
風野真知雄　潜入　味見方同心(三)〈五右衛門の鍋〉
風野真知雄　潜入　味見方同心(四)〈謎の伊賀忍者料理〉
風野真知雄　昭和探偵 1
風野真知雄　昭和探偵 2
風野真知雄　昭和探偵 3

風野真知雄　昭和探偵 4
風野真知雄 岡本さとる ほか　五分後にホロリと江戸人情
カレー沢薫　負ける技術
カレー沢薫　もっと負ける技術〈カレー沢薫の日常と退廃〉
カレー沢薫　非リア王
神楽坂淳　うちの旦那が甘ちゃんで
神楽坂淳　うちの旦那が甘ちゃんで 2
神楽坂淳　うちの旦那が甘ちゃんで 3
神楽坂淳　うちの旦那が甘ちゃんで 4
神楽坂淳　うちの旦那が甘ちゃんで 5
神楽坂淳　うちの旦那が甘ちゃんで 6
神楽坂淳　うちの旦那が甘ちゃんで 7
神楽坂淳　うちの旦那が甘ちゃんで 8
神楽坂淳　うちの旦那が甘ちゃんで 9
神楽坂淳　うちの旦那が甘ちゃんで 10
神楽坂淳　うちの旦那が甘ちゃんで〈鼠小僧次郎吉編〉
神楽坂淳　うちの旦那が甘ちゃんで〈寿司屋台編〉
神楽坂淳　帰蝶さまがヤバい 1
神楽坂淳　帰蝶さまがヤバい 2

神楽坂淳　ありんす国の料理人 1
神楽坂淳　あやかし長屋〈嫁は猫又〉
加藤元浩　捕まえたもん勝ち!〈七夕菊乃の捜査報告書〉
加藤元浩　量子人間《クオンタムマン》からの手紙〈捕まえたもん勝ち!〉
加藤元浩　奇科学島の記憶〈捕まえたもん勝ち!〉
梶永正史　銃の啼《な》き声〈潔癖刑事・田島慎吾〉
梶永正史　潔癖刑事　仮面の哄笑《こうしょう》
川内有緒　晴れたら空に骨まいて
神永学　悪魔と呼ばれた男
神永学　悪魔を殺した男
神永学　青の呪い〈心霊探偵八雲〉
神津凛子　スイート・マイホーム
神津凛子　ママ
加茂隆康　密告の件、Mへ
岸本英夫　死を見つめる心〈ガンとたたかった十年間〉
北方謙三　試みの地平線〈伝説復活編〉
北方謙三　抱影
菊地秀行　魔界医師メフィスト〈怪屋敷〉
桐野夏生　新装版　顔に降りかかる雨

貴志祐介　新世界より(上)(中)(下)
岸本佐知子 編訳　変《ヘン》愛《アイ》小説集
岸本佐知子 編　変愛小説集 日本作家編
木原浩勝　文庫版 現世《うつしよ》怪談(一) 主人の帰り
木原浩勝　文庫版 現世怪談(二) 白刃の盾
木原浩勝　増補改訂版 もう一つの「バルス」〈宮崎駿と「天空の城ラピュタ」の時代〉
喜国雅彦 国樹由香　メフィストの漫画
喜国雅彦 国樹由香　本格力〈本棚探偵のミステリ・ブックガイド〉
清武英利　石つぶて〈警視庁 二課刑事の残したもの〉
清武英利　しんがり〈山一證券 最後の12人〉
清武英利　トッカイ〈不良債権特別回収部〉
喜多喜久　ビギナーズ・ラボ
岸見一郎　哲学人生問答
木下昌輝　つわもの
黒岩重吾　新装版 古代史への旅
栗本薫　新装版 ぼくらの時代
黒柳徹子　窓ぎわのトットちゃん 新組版
倉知淳　新装版 星降り山荘の殺人
熊谷達也　浜の甚兵衛

倉阪鬼一郎　八丁堀の忍
倉阪鬼一郎　八丁堀の忍(二)〈大川端の死闘〉
倉阪鬼一郎　八丁堀の忍(三)〈遥かなる故郷〉
倉阪鬼一郎　八丁堀の忍(四)〈隻腕の抜け忍〉
倉阪鬼一郎　八丁堀の忍(五)〈討伐隊、動く〉
倉阪鬼一郎　八丁堀の忍(六)〈死闘、裏伊賀〉
黒木渚　壁の鹿
黒木渚　本性
黒木渚　檸檬の棘
久坂部羊　祝葬
黒澤いづみ　人間に向いてない
久賀理世　奇譚蒐集家 小泉八雲〈白衣の女〉
雲居るい　破《は》蕾《らい》
鯨井あめ　晴れ、時々くらげを呼ぶ
決戦！シリーズ　決戦！関ヶ原
決戦！シリーズ　決戦！大坂城
決戦！シリーズ　決戦！本能寺
決戦！シリーズ　決戦！川中島
決戦！シリーズ　決戦！桶狭間

決戦！シリーズ　決戦！関ヶ原2
決戦！シリーズ　決戦！新選組
決戦！シリーズ　決戦！賤ヶ岳
小峰元　アルキメデスは手を汚さない
今野敏　ST 警視庁科学特捜班 エピソード1〈新装版〉
今野敏　ST 警視庁科学特捜班 毒物殺人〈新装版〉
今野敏　ST 警視庁科学特捜班〈黒いモスクワ〉
今野敏　ST 警視庁科学特捜班〈青の調査ファイル〉
今野敏　ST 警視庁科学特捜班〈赤の調査ファイル〉
今野敏　ST 警視庁科学特捜班〈黄の調査ファイル〉
今野敏　ST 警視庁科学特捜班〈緑の調査ファイル〉
今野敏　ST 警視庁科学特捜班〈黒の調査ファイル〉
今野敏　ST 為朝伝説殺人ファイル〈警視庁科学特捜班〉
今野敏　ST 桃太郎伝説殺人ファイル〈警視庁科学特捜班〉
今野敏　ST 沖ノ島伝説殺人ファイル〈警視庁科学特捜班〉
今野敏　ST 化合 エピソード0〈警視庁科学特捜班〉
今野敏　ST プロフェッション〈警視庁科学特捜班〉
今野敏　特殊防諜班 諜報潜入
今野敏　特殊防諜班 聖域炎上

講談社文庫　目録

香月日輪　ファンム・アレース②
香月日輪　ファンム・アレース③
香月日輪　ファンム・アレース④
香月日輪　ファンム・アレース⑤(上)(下)
近衛龍春　加藤清正〈豊臣家に捧げた生涯〉
木《この》原《はら》音《なり》瀬《せ》　箱の中
木原音瀬　美しいこと
木原音瀬　秘密
木原音瀬　嫌な奴
木原音瀬　罪の名前
木原音瀬　コゴロシムラ
近藤史恵　私の命はあなたの命より軽い
小泉凡　怪談四代記〈八雲のいたずら〉
小松エメル　夢の燈《ほ》影《かげ》〈新選組無名録〉
小松エメル　総司の夢
呉勝浩　道徳の時間
呉勝浩　ロスト
呉勝浩　蜃気楼の犬
呉勝浩　白い衝動

呉勝浩　バッドビート
こだま　夫のちんぽが入らない
こだま　ここは、おしまいの地
古波蔵保好　料理沖縄物語
ごとうしのぶ　いばらの冠〈ブラス・セッション・ラヴァーズ〉
講談社校閲部　〈熟練校閲者が教える〉間違えやすい日本語実例集
佐藤さとる　〈コロボックル物語①〉だれも知らない小さな国
佐藤さとる　〈コロボックル物語②〉豆つぶほどの小さないぬ
佐藤さとる　〈コロボックル物語③〉星からおちた小さなひと
佐藤さとる　〈コロボックル物語④〉ふしぎな目をした男の子
佐藤さとる　〈コロボックル物語⑤〉小さな国のつづきの話
佐藤さとる　〈コロボックル物語⑥〉コロボックルむかしむかし
佐藤さとる　天狗童子
佐藤さとる　絵／村上勉　わんぱく天国
佐藤愛子　新装版戦いすんで日が暮れて
佐木隆三　慟哭〈小説・林郁夫裁判〉
佐木隆三　身分帳
佐高信　石原莞爾その虚飾
佐高信　わたしを変えた百冊の本

佐高信　新装版逆命利君
佐藤雅美　ちよの負けん気、実の父親〈物書同心居眠り紋蔵〉
佐藤雅美　へこたれない人〈物書同心居眠り紋蔵〉
佐藤雅美　わけあり師匠事《こと》の顚末〈物書同心居眠り紋蔵〉
佐藤雅美　御奉行の頭の火照《ほて》り〈物書同心居眠り紋蔵〉
佐藤雅美　敵《かたき》討ちか主殺しか〈物書同心居眠り紋蔵〉
佐藤雅美　江戸繁昌記〈寺門静軒無聊伝〉
佐藤雅美　青雲遙かに〈大内俊助の生涯〉
佐藤雅美　悪足掻《あが》きの跡始末厄介弥三郎
佐藤雅美　恵比寿屋喜兵衛手控え〈新装版〉
酒井順子　負け犬の遠吠え
酒井順子　朝からスキャンダル
酒井順子　忘れる女、忘れられる女
酒井順子　次の人、どうぞ！
佐野洋子　嘘ばっか〈新釈・世界おとぎ話〉
佐野洋子　コッコロから
佐川芳枝　寿司屋のかみさん　サヨナラ大将
笹生陽子　ぼくらのサイテーの夏
笹生陽子　きのう、火星に行った。

2022年9月15日現在